嚮往之旅

——25歲的流浪日記——

何英傑 著

你問我最想去看什麼？
人世的和平與動亂，
富貴與窮困，
深情與殘酷，
我都想去看。

他序

楊南郡

何英傑在大學念書的時候，就加入登山社，熱衷於高山攀登和學術探險活動。當時我在台灣大學登山社擔任指導老師，經我建議山社選擇濁水溪上游丹大溪流域為集中勘查研究的場地，前後四年才完成。而其間何英傑是各梯次活動的主將之一。

因為登山涉險與學術研究同步進行的理念，啓蒙了山社同學作出具體行動。在踏勘地理的同時，大家都認真地探查清代古道、布農族舊社、古戰場，以及丹大溫泉。同學們經歷了前仆後繼的接力踏查後，開始撰述、編輯、出版工作。不久之後。一本深受登山、學術界重視的專書《丹大札記》問世了，主編是第一次上陣的何英傑！

一般大學畢業生服完兵役後，就匆匆就業或匆匆出國留學，這是多年來的正規做法。但是，從個人的人生閱歷來講，不無遺憾。何英傑踏出校門之際，繼續實踐原來的理想。他沒有留學，沒有就業，在一九九三這一年，單槍匹馬背著一個背包走遍全球二十二個國家。在三百六十四天內無論是白天或夜晚，無論在喜馬拉雅山區、在北極圈，或在文化色彩濃厚的歐洲城鄉，他每天都活用分秒時間，以簡樸、刻苦、自助的方式穿梭各地，以敏銳心靈去捕捉、吸收、消化異國的文化精神，反省自己，充實自己。他每天就寢前一定詳記當天見聞與思索內容，這樣累積了八大本日記帶回國，為自己的青春留下了一個美好的詮釋。

我翻閱他厚厚的日記後，不由得呆住了。這樣清麗流暢的文章，不像印象中的普通日記，毋寧說是具有報導文學內涵的作品，立即鼓勵他出書。於是他把整整一年的種種奇遇和腳印，濃縮為三十篇親歷故事，穿綴成書。本書就是他的處女作。

何英傑走在地球各角落，以旅人的心細膩地觀察各地深厚的文化、人情的機微、社會的變革脈動……，用輕淡的筆觸描繪出略帶有哀愁的情感（如溫哥華女子安莉絲），或濃濃的友情（如莫斯科的芭蕾舞者維進）。敘情、寫景的同時，也藉異國朋友的交情與個人的遭遇，勾畫出各國的社會面貌（如〈波蘭．馬丁的婚禮〉、〈馬來西亞．沙發縫裡的尖刀〉）。

背著背包踏進陌生地方作長時間的自由活動，其實具有時代意義。就科技與精神文化兩方面來說，歐美與日本比我們更先進，尤其大學生的想法更突出。在外國，大學生比較能夠自主地安排自己的人生。具體地說，比較重視「畢業後、就業前」這一段值得珍惜的青春日子。他們畢業後（甚至畢業前），立即投身於長時間的自助旅行，去體驗各國的風土人情。

而個人可能遇到的各種試煉，便是養成獨立判斷、獨立思考能力的契機，怎麼可以輕率地跨越，棄之不顧？

舉例來說，日本山岳團體或探險組織的海外遠征隊，很多是以這批未開始就業的青年為骨幹。因為還沒正式成為社會的一員，他能參與長時間的集訓與準備工作。一旦踏出國門，能從容地花費半年以上時間，去攻海拔七、八千公尺級的高峰，或去極地探險，或遠征海角僻地做學術的調查。

在一個具有崇高、明晰的目標下，一個嚴密的組織裡進行海外遠征活動，是人生最美好的時段、最好的閱歷。因為回到社會體制內，無論做甚麼事，無論職位高低，以後再也沒有長時間與自由，去揮灑青年奔放的熱情與意志。

與上述的嚴密團體活動成對比的，是歐美多年來很受重視的，個人的簡樸旅遊。通常是選擇遠離文明生活的大自然，以消耗更多體力來換取心靈的解放。我曾經在一九八一年和俆如林，兩人各背著一個背包，連續六十四天閒蕩於歐洲阿爾卑斯山區。無論在山上或在健行道上，遇到無數的同好，使我們覺察到在歐洲，這種風尚是司空見慣，而且並非青年所專有，老人也樂此不疲。

青年學生以自助方式，單人或結伴去印度、去尼泊爾看東方的精神文化，當做自我學習的一環，是人生的一個重要歷練。如果沒有經歷外國異文化的接觸和見習，怎麼能重新認識自己本國的文化？沒有放眼縱觀全世界，怎能正確地凝視自己即將要走的人生去向？

在尼泊爾首都、在安娜普魯那山區健行道上，我遇見很多外國學生，他們跟我一樣，熟讀《雪豹》（The snowleopard）——一本以喜馬拉雅山區為舞台，揉和哲理、心靈與大自然觀照的好書。這樣看來，單槍匹馬閒蕩的日子不是無為的日子，是有積極擷取人生體驗的、有為的日子啊！

何英傑可能是第一個花費整整一年時間，實踐這種理想的人。他回國後，顯得更健康、更有笑容，變得更成熟、更有自信，有更多的熱力去接受未來任何的挑戰。我從六十四天的阿爾卑斯山區回來，獲得有形、無形的豐收。而他用掉更長的時間，自然有更多的收穫。他說在台灣人跡罕至的崇山峻嶺闖蕩過以後，到外國陌生的角落逡巡，一點也沒有不適應。因為在台大山社的日子裡，已經打好了刻苦自勵、隨遇而安的基礎。

我希望這一本書能廣泛地流傳於青年學生間，讓大家閱讀並思考，鼓舞走出國門，巡禮於地球各角落的勇氣。

時間、體力、敏感的情緒與觀察吸收力，是年輕人最大的優勢。在這人生的黃金時代，放手做一件自己認為真正有意義的事，將使自己的一生，有截然不同的局面。

自序

流浪，是隱隱的思念。

天地這麼長遠，人間這麼遼闊，為什麼不去流浪？另一個時空裡，未知如海的浩瀚。為什麼不去流浪？

像野狼，總要在荒野奔跑。

像彩虹，總要跨向天邊。

像隕石，總要飛過宇宙。

像水滴，總要出海面，飄越藍天，落下山谷。

流浪，腳在旅行，心在讀書。橫亙在故鄉和異鄉的紛紛大地上，人物碌碌的歡喜、憂愁、作息，走著不同的人生道路。各自生、各自老、各自病、各自死，各自還入塵埃中。

看看自己，從一切有模子的熟悉，到沒有人認識的嶄新，有多大的落差？然後選擇，對夢想的鬆動和堅守。因為腳的流浪，心可以不必流浪。

於是，流浪就變成我對人間世，一種隱隱的思念。

contents

卷二 文明與野性 067

遠離

彷徨少年時

二十五歲，應該做什麼呢？

「該結婚啦！」老爸從我一退伍就開始唸著。「生活比較有目標啦。」沒錯，老爸二十五歲那年結婚，媽二十一歲，從此的生活真的是有了目標：三個兒子，清楚的目標。現在好像輪到我了。

「每次我回老家，你阿嬤就一直在問：『咁攏無人來報？』你快快結了婚，看要做什麼事就去做，安定下來，不會晃來晃去，我們也算鬆了一口氣。」老爸每回吃晚餐時就會這樣嘟嚷。媽媽聽了，總會挖苦他兩句：「鬆了一口氣？得了吧，他一結婚，你就跟著想孫子。然後在家裡帶孫子，最後變成看家的鎮殿將軍。」

祖母聽說我大學畢業了，就老問爸媽：「伊書讀甲按呢，啊今嘛一月日是賺多少？」媽一開始就順口說是五萬，這兩年下來，大概已經加到七、八萬了。媽說：要是給祖母知道我還不會賺錢，「穩當給罵死。」媽篤定的警告我，我也相信。

「我知道背單字很痛苦，但這就像女人生孩子一樣，要經過陣痛。你們既然來了，就把這三個月交給我，自已立定志向：托福六百分，GRE二千分。過了這一關，人生的道路就開闊了。將來也不會羨慕人家出過國、留過學。更不用擔心將來職業升遷的時候，少人家一張證書。比起一輩子，三個月算什麼？牙一咬就過去了。門口貼的那些准考證，就是有志者事竟成的榜樣。你們從小考到大，這是最後一次了。撐久就是你的。六百分、二千分，人人都可以辦到，大家加油。」補習班的美國通，給下頭坐得黑壓壓的大學生精神講話。

「你能讀，為什麼不好好去留學？國外學習環境好，比較寬闊，應該去見見世面。將來學成歸國，也好發展。等你到了我這個年紀，有了妻小，牽絆多了。才來盼望留學就辛苦了。再給我年輕一次，我一定先去留學。」一位已經幹到主任檢察官的長輩，帶著遺憾的口吻鼓勵我：「想去就好好準備。別以為往後的歲月還長，像我，想起你們這個年紀的事，只覺得還像是昨天發生的。日子很快，一晃就過去了。」他大學時代發憤讀書，希望去德國讀法律，但環境不允許。現在爭取到一次去德國考察的機會，雖然只有六個月，他卻非常的珍惜。每天早上上班，下午複習德文，下了課還得去接兩個小孩子回家。留學德國是他一生最大的夢想。「勉強離開家六個月，已經是最大的極限了。」他說。

朋友一個接一個的出國，我也沒有比他們差，留學去吧！

「你不是認為學術才能夠解決周遭許多的問題嗎？我知道你不喜歡那種在模型裡推演得天衣無縫，放到現實卻又千瘡百孔、使不上力的經濟學。但是你不要擔心，不是所有的經濟學都是這副德性。你出國念了就知道，何況你也不一定要同意那些觀點。你好好念，耐著性子取得學位，不就可以大刀闊斧做你想做的研究嗎？這就好比信教，你不先來信，怎麼會知道有沒有呢？拿個碩士，再拼個博士。頂多五年，了不起六年。到時候才三十出頭，要做什麼都可以！」我心裡有個聲音這樣說。

五月，洛杉磯爆發了三十年來的最大暴動。部分城區陷入火海，聯邦政府動用了軍隊才弭平，又是黑白種族問題。記得前兩年看過一部「烈血大風暴」，才讚美了美國面對這個開國以來的病痛，愈來愈願意去面對和思考。沒想到今天，卻又讓我親眼看到這種電影中的悲劇在現實上演。美國人的理性並不如想像的成熟。一個國際的大都會，可以在一瞬間變成燒殺搶奪的火海，真是不可思議的社會。

「你到底想去美國學什麼？」心裡的另一個聲音終於浮現：「你真的想清楚了嗎？難道你真的想去一個你不很尊敬的國家，忍耐不熟悉的語言文字。學習不相信的理論，祈求一個會心虛的學位，卻葬送這段充滿創造力的青春年華。你真的想清楚了嗎？」

去？五年。不去？試也考了，學校也申請了，不去不是白癡嗎？

上個月和一個朋友經過湖北武當山，在南天門外的山崖石洞裡，碰見一位在那兒清修了四十年的老道人，他請我們進去喝茶。他看我們年紀輕輕，不覺說起他和我們一樣年紀時候的故事。那時正是世局丕變，國共隔江對峙。他在武漢，既看不起國民黨，又覺得共產黨不會有作為。慨歎天下雖大，卻無棲身之所，於是挽髮出世上了武當，一居至今。

我的朋友正苦惱著畢業後的出路，堅請老道人批命。道人要了生辰八字，閉了眼喃喃唸起一段韻文。一會兒他睜開眼睛，打量了我們一下，問道：「你們都讀書嗎？」我們點頭稱是。道人說：「恕我直言，你不是讀書的命。」我朋友原本無意讀書，打算做生意，聽了大喜的追問：「那做什麼好？」道人說：「從商。」

朋友喜孜孜的要我也算，道人又閉了眼睛唸起來，我只聽出一些星宿和官位的名稱。道人一邊唸一邊掐指，入神的彷彿是在夜裡仰觀銀河星辰。道人再睜開眼睛時，呵呵的捋著鬍子直笑，並不說話。他灰褐的膚髮和藍黑的道袍閃著湛深的神秘。朋友好奇的問，道人笑咪咪的湊過頭來對我說：「我算不準，但是你要快點決定。」我一口茶剛到喉嚨，突然給哽住。

不去留學，實在有些不甘願。那麼去唸個短期語言學校好了，我把我的想法告訴一位已經幫我寫了介紹信的教授。他溫溫和和的告誡：「年輕的時候都是在想『我想做什麼』，大一點之後是想『我能做什麼』，最後是想『我做了什麼』。要知道：世界不會因為沒有你而停止轉動，情勢永遠是向前發展的。等待機會很危險，不如你就投身到實際社會中，自然會逐漸累積經驗與成就。你太心急了。到了我這個年紀就會知道，努力不一定有成果，許多時候甚至是沒有成果的白工。但人不應該等，等下去可能會等一輩子，機會都沒有來。你到國外看看，增廣視野總是有的。但是唸語言學校只是半吊子，將來也不可能靠這個吃飯。除非你投身到國外的工作和社交中，否則你永遠只是旁觀者。要小心自己是不是在延遲社會化的過程。」

一個學長則是狠狠的數落了我一頓：「以前在學校我就說你太任性。你已經二十五歲了，又是長子。退伍一年來既無工作，又不升學，真是不可思議。你一直是個幸運兒，有父母親的悉心照顧，鼎力支持，讓你衣食無虞，才會讓你絲毫感受不到生活的重擔和壓力。別以為自己浪漫，換個環境就浪漫不起來了。你有什麼權利，一直讓父母挑著生活的重擔，只因為你對你的未來覺得模糊。」他沒有說錯。

去美國讀一期語言學校。回程繞到歐洲看一下，然後回台灣死心塌地的工作，就這樣吧！我開始打聽機票和簽證的事情。一個剛到航空公司的學妹告訴我，有種環球機票很適合我的需要。這個意外的消息，大大的擴展了我原先的計劃。長久以來對於遊歷世界的嚮往，突然鮮明的浮現。

在自助旅行協會裡碰到兩位小姐，她們熱忱的給我意見和信心，也叮囑我：要是先到美國，就不要想在美國簽到任何歐洲國家的簽證。她們建議我先到歐洲，再到美洲。

一天晚上，我終於走進爸媽的臥室，向老爸表達我的想法：「爸，我想出國唸語言學校，順便旅行。」

「想唸什麼呢？」爸問我。他坐在床頭，沒有特別的驚訝，我想媽大概已經告訴他了。這個月媽看我有些古怪，我索性和她商量，拜託她替我在老爸面前美言幾句。

「法文和德文，共三個月。親朋好友如果問起，這樣回答就可以了。」我已經替爸媽設想妥當。

「然後呢？」爸心平氣和的問。

「然後去旅行，主要是西歐和美國。」

「那次要呢？」爸笑了起來。

「順便去加拿大和日本。」我小心翼翼的說。

「還有呢？」

「經過尼泊爾和印度的時候會停下來幾天。」

「還有呢？」爸還追問，他一定全知道了。真是傷腦筋，明明交代媽不要把全部的行程告訴他。我瞄了媽媽一下，她自顧自的在那兒燙衣服，低著頭，拿著噴嘴壺朝衣服噴水，像是不在場一樣。

「我也想去看看東南亞的華人怎麼過中國年。」真相大白。

爸歎了一口氣，搖著頭笑：「喔，你足敢。我這一世人到今嘛，也不敢跟人家講說要去哪裡踢投。」他回過頭對媽媽說：「咱的囝仔那會攏和人無同款。」

「阮不知，嘿您囝喔！」媽回了爸一句。

爸爸沒有責備我的意思，顯然早就已經答應了。我接著說：「我算過了，一天一千塊，三百六十五天不到四十萬。機票、火車票和簽證差不多十萬，加起來五十萬一定夠。我當兵的時候也還存了一點錢，你們幫我補一點就可以。」其實是蠻大點的。

「爸，你想，去美國唸書第一年一定要五十萬。現在美國經濟不景氣，獎學金愈來愈難拿，而且人家寧可給大陸來的。這往後四年的學費，只怕也得自掏腰包，然後將來回國又不一定找得到工作。再說這留學的五年，少不得一頓想念。不是我回來看看你們，就是你們過去看我。機票來回一趟就是三萬塊，還沒算上通貨膨脹。」我把想好的說辭一股勁的全上：「何況，萬一我就地娶了美國人，在那裡工作生子，以後見面就更不容易。現在，不到五十萬，一年回來，老老實實、死心塌地的待在台灣，多好。你們也好放心，不會丟了一個兒子。」這理由聽來無懈可擊。

爸爸像沒聽到我說話，只淡淡的問了一句：「你不留學，心裡不會遺憾嗎？」

我一下子答不上來，眼前像突然出現了那些已經出國留學，散布在美、日、英、德、法的朋友身影，一起向我招手歡呼。「不會。」我沒有其他的回答。

「好吧，自己要會想就好。」老爸答應的很平靜：「快去睡吧，你要早點睡。吃胖一點，不要一天到晚，忙一些沒有意義的事情。」

「爸，我不會浪費這次學習和旅行的。」我謝了老爸，又說：「沒關係，我以後兒子要是有本事，我也會給他去旅行。」

一直沒吭氣的媽媽終於說話了：「會啦，會啦，我們會建議你兒子作星際旅行的啦。」

我笑起來，走出臥室，正要帶上房門的時候，又給媽叫住：「自個兒別忘記啊，明年回來，奶奶問起，一個月薪水就是十萬了！」

真的決定了。我回了一封老朋友的信：

收到你的卡片，很謝謝你的祝福。

狠下心來決定出國一年，連我自己都還不敢相信。遠離留學的路子，自己也還在心理調適，畢竟是曾經努力的理想。一朝改易，又談何容易？你問我最想去看什麼？人世的和平與動亂，富貴與窮困，深情與殘酷，我都想去看。

這兩天開始打包，一直在煩惱什麼該帶？什麼不該帶？什麼最好帶？什麼可以不帶？常常為一個鬧鐘、一條褲子而斟酌許久。其實這不就是人生的縮影嗎？活著，就在不斷的作出選擇。而之所以要選擇，就是因為無法兩全其美、變數太多，只能賭一個好的。雖然人總是相信，決定的必是最好的。但我們又那裡能預料，如果當時是作出另個決定，會不會才是更好？「決定」，只是一種「偶然的猜測」罷了。

有些人會後悔，後悔這個，後悔那個。但是人又說「取捨」，有取必有捨，有捨才有取。貪心的人，總覺得任何一絲絲的「捨」都可惜了。旅行一年，是我自己的選擇。對與錯、好與壞，都不是在選擇前能決定的。選擇以後的過程和結果，才是我需要去經營和承擔的。人一生究竟可以把握多少東西？可以做幾件自己真正想做的事呢？

以前常說要去海外看廣闊的天地，現在我真的要出發了。一些個朋友，都像是通過交點的直線，隨著不同的機緣向四方奔散。我們這個年齡，變化得最快、最多、也最大。每一個腳步，都是人生的大決定。希望我們踏入的未來，是原先我們所期待的。我很想在幾年後看看，我們各自做了些什麼？也祝福你。

向一位一直關愛我的老師辭行。「很早就能知道自己要做什麼是不容易的。能，那是前世修來的。慢慢尋找，但是要腳踏實地。」老師拍拍我的肩膀：「好好去看，你有敏銳的眼睛，把握這樣的機會。也謝謝爸媽，不是每個孩子都有你這種造化。沿路多加小心，危險的地方不要去。」

一月一日。

在機場的出境室，家人和阿姨都來送我。應該是依依不捨，卻沒有人知道該說些什麼。大家坐著聊天，話題因繞著天氣、班機、公司和家裡的事、注意飲食、注意安全，然後就是繼續這幾天重覆的問題：錢帶得夠不夠？毛衣帶了沒？圍巾帶了沒？終於，我們用掉了所有的話題，沒話可講了，只是靜靜的坐著。

該登機了，我站起來。媽媽用指頭碰碰我，指著一對擁抱的情人。我放下小背包，走上去抱了老爸：「爸，每天早上起來要記得運動。」

老爸有些尷尬的揮手說：「好，好，你快去吧，自己多注意。」我注視著老爸，白鬢、皺紋、凸凸的肚子和鬆鬆的腰帶，看不見他年輕時照片上的英挺。老爸像要說什麼，卻又沒說出口。忽然，又像想起什麼事情一樣的說：「別忘了回來要快快結婚。」

媽拿過小背包給我：「你一出門，就是爸媽擔心的開始。要常寫信或發傳真回來，告訴我們你在哪裡，有問題就打電話回來。」

「祝你成功回來。」阿姨握著我的手。

小弟已經長得和我一樣高了，走上來遞給我一個錦囊，神秘兮兮的說：「在飛機上才能打開。」

走過海關，遠遠的回頭望，我還看到個子小小的老爸雜在人群裡。一會兒揮手和我再見，一會兒揮手要我快走。

飛機起飛了。我真的離開這塊生養我二十五年的土地，開始未來一年的旅行。飛機一點點的升高。整個台灣的輪廓愈來愈清楚，俯瞰下去，大霸、雪山、南湖、玉山、關山、北大武，群山相續，綿綿的展開。山頂上閃耀著白光，是今年的瑞雪。啊，總算不枉我以前千辛萬苦的爬上去拜訪他們，今天全來送行了。

眼前的台灣島，只看得見海岸和稜線。這島上無窮無盡的美景，現在讓我最懷念的，竟然是山上的茅草和箭竹。雲海上一條條青藍色的稜線，都曾經是我生命的痕跡啊！

想到這幾個月來的偶然變卦，和我現在的決定，二十五歲應該做什麼？我不知道，但是我要去追尋、探險、流浪。這是我的生命，我也將以負責答覆生命。

低頭拿出小弟的錦囊，裡面竟然是一個紅包袋。袋子裡有一張一百元的美金鈔票，袋子上歪歪扭扭的寫著一排字：「不要猶豫——就像我從媽媽皮包裡『摸』出這張鈔票送你。祝你一路順風。」

哈！好小子。

嗨，親愛的同學
我將遠離家園，揚起風帆，橫過東方的波濤
那兒有比故鄉早到的晨曦
和我不後悔的浮生歲月

嗨，我的好朋友
我要向你告別，展開羽翼，飛掠大地的運行
那兒有昨天逝去的晚霞
和我們相惜的回憶

請讓我祝福，因為我就要遠行
去渺渺天涯，去蒼茫人間，去我嚮往的旅程

如果你想念我
那麼寒月下，天邊的星星一定格外燦爛

如果你失意
別忘了在老樹花叢間靜靜傾聽
風中的蟬聲鳥鳴裡有我的慰語

生命廣闊，四宇浩瀚
我們會在下個時空中把酒歡聚
就像左手碰到右手那般自然
我已深深的期待

卷一

華人世界

北京

古都印象

中南海是權力的中心，舉世注目。但是一橋之隔的北海公園，氣氛卻天差地別。

北海

北海的湖面已經結成一塊大冰。老老少少在冰上或閒談逗笑、或搓手飲茶、或散步抽煙，還有溜冰。第一次看到湖可以變成一面靜止的大鏡子，真是難以置信，但我必須相信這是真的。我一時興起，也去租了雙冰鞋。這和印象裡那種堅挺閃亮的冰鞋大大不同，只是雙尋常的厚底布鞋，底子黏了塊有點銹、又不平整的鐵板面。租鞋的師傅瞧出我是生手，傳了口訣。他扶著我穿了鞋站起，陪我晃盪了兩下，鬆手推了一把，聽得他一聲「成了」，我果真踏著鞋溜出來了。

湖面上，人和人之間的距離寬敞，像被無限放大了。冰面比環湖的路低很多，微仰的視角，加上單純的色彩，讓人頓然從忙碌的世界中游離出來。傍晚時分，溫度快速下降，這是我第一次在這樣冷的地區走動。風聲凜冽，寒冷從鞋底、脖子、袖口滲進來。一位老大娘拿了根木棍敲打湖面，結凍的北海像個大鼓，不一會兒就從湖心白塔下的山坡傳來一聲沉沉的撞擊聲。這裡一敲，那裡一和，真是大地的玄樂。

晚霞裡的北海看似月宮廣寒，一切都飄飄的、淡淡的。柳樹槐影，枯老老的搭在霧暮上。冷森森的白霧裡閃著燈火，月暈般的一大片一小片在空中渲染、飄浮。不敢相信這裡是北京的中心區，一橋劃開大地的純淨於權力爭鬥之外。

天安門

北京的一切似乎都隱藏在霧裡，混混沌沌的，也不知究竟真的是霧，還是家家戶戶燃煤的蒸氣？從景山公園俯瞰霧裡莊嚴肅穆的故宮，就像前幾天在飛機上看雲裡的中央山脈。只是，山脈讓人感覺穩重、凝定。而浮沈霧裡的故宮則顯得神秘、荒涼。

故宮門外就是天安門廣場。「六四」濺灑的血早在喧擾的人車中褪去，廣場上民眾三五成群，如大型運動場。登上天安門，憑想當年共產黨凱旋入京，毛澤東在此易國號、改旗幟，洋洋得意於這歷史的時刻，要中國從此抬頭挺胸。今天回頭來看，是再沒有列強能夠小看中國，但四十年來，所付出的代價已不知從何計起。城樓上懸了幅毛澤東宣布建國的圖片。看他身邊的人，個個氣宇軒昂。他們各以一方豪傑輸誠擁戴，奠下共產黨成功的基石。等到地位穩固，毛澤東挾其軍權，要推行共產的理想。一條條無辜而珍貴的人命，在一個個口號前倒下。然而，所有至高無上的理想，怎能抵得上一縷不平的冤恨呢？

人民大會堂聳立在廣場北邊，趁著新年開放參觀。會堂內一派威嚴，但堂外廳廊上，竟然擺了許多臨時的攤架賣起百貨商品。這當真非同小可：這裡也成了賣場。如果有一天，在台灣的總統府裡看到夜市，在美國的白宮裡看到跳蚤市場，會是怎樣的場面？為了收入，體統也可以犧牲。是什麼樣的心理動向，讓人民大會堂可以變成大賣堂？

毛主席紀念堂就在咫尺，堂外大排長龍等待謁陵。我也走進行列裡，隨著人潮一段段向前挪動。紀念堂前站了兩個縮著頭、搓著手的公安，像是沒事幹，自顧自的四處張望。又隔了一會兒，兩個公安看了看錶，呼的一下突然就把門開了。我還來不及莊嚴起來，就像限時搶購般的被人擁了進去，快速而不能反顧的推近一個玻璃棺木。玻璃內一具僵直的人體，我趕緊的看。那沒有光澤的蠟皮裹在蛻去生命的空殼上，就是他了。

「毛主席嘿！」人們興奮的竊竊私語。

接著，三十秒不到，人潮流到另個門前。呼的一聲門又開了，一片刺眼，漫天陽光全搶了進來。嘩嘩嘩，人潮如浪花，一股腦的再把陽光推了出去，呼的一聲門又關了。我站在紀念堂外，慢慢的回想剛才的「瞻仰」，或者應該說是「參觀」。

紀念堂其實是毛澤東的墳墓。這種設計，大概是襲自西方教堂中收存人體屍雕的習慣，或是襲自埃及木乃伊的葬儀觀點，但實在是悖離傳統。死後體不入棺、棺不入土、落葉不能歸根。掏空了五臟，用防腐劑保存在手術台似的台子上。不葬在山明水秀的鄉野，卻停屍在繁華吵嘈的城中心，教死者何堪？這種把供人瞻仰的考慮，看得比讓死者安息還重的用心，不應該是生者對死者關懷的情意。南京的中山陵還算好，只塑了遺體像，平擱在紫銅棺蓋上頭，供人俯看。而這紀念堂，索性以現代科技將屍首逼真的呈現。看了只覺萬分噁心，毛骨悚然，難有一分崇敬。

北京真冷，身體有點不適應。沒有感冒，卻直流鼻涕。沒有蛀牙，卻感覺牙疼。沒有扭傷，腳踝卻不大聽使喚，明天可得多加小心了。大冷天走在街道上，像跳進冰冷的游泳池裡，冷得緊。這幾天出門前，我都作足了暖身運動，帶了儲備一晚的精力，沿著旅館前頭的胡同上街。直到燈火初明，才縮頭縮頸的回來。進出這條小胡同，有種特別溫暖的感覺。胡同口有個老師傅，總是在這個時辰出來賣包子，熱騰騰的香味傳得老遠。

「很冷啊！」我照例跟他買幾個包子，一邊哆嗦。

「那可不，大概就要下雪了。」老師傅掏出手來，哈了口氣搓了搓。一把掀開籠子，抓了幾個蒸包，裹在紙裡遞過來：「俺就怕這種要冷不冷的天，最容易害病。多留神啊，小伙子。」

初雪

終於下起大雪了。

雪花乘著北風，斜灑橫飛，翻翻滾滾的飄下來。大地原來的顏色開始隱退，白皙皙的新模樣露了出來。樹緣、屋宇、涼亭、車輛都覆滿了純白的雪花。行人哈了腰，縮了頭，不時拍落身上的積雪。幾個老大娘和老師傅抖擻著精神，硬硬朗朗的，還是低頭掃街。小孩興高采烈的成群堆雪打仗。有幾個媽媽，拉著自家作的木板雪撬，拖了穿得飽滿、活似個皮球的小娃娃在胡同裡玩。真不敢相信，我真的站在風雪裡了。雪花依人，迎面一陣一陣的攀上衣帽和臉龐。

雪，淨化了大地，讓人有再認識這個天地的機會。萬物的分別都在一片縈白中淡去，頓覺天寬地闊。而萬物共通的和合性，則在紛飛的大雪裡得到了彰顯。

華北

出山東記

山東，相傳一山一水一聖人。我終於到了曲阜這個千年古城。

這裡應該就是孔廟吧！我四下張望，格局嚴謹規矩，只是廟宇樑柱斑駁得緊。跨過幾道門檻，裡頭全然的清靜。空空蕩蕩、無人搭理。庭園內群松盤桓，很是蒼勁。這些松有的奇在根、有的奇在幹。幾棵老松倒在傾圮的磐柱上，根軸大半已虛浮，然而新根還在滋長。一些骨幹以不可思議的猷勁，折腰擰轉，硬是挺向天空。緊密的松皮紋理間，還迸生許多枝椏。

四處都沒標示，張望了許久才認出大成殿。殿裡沒什麼光亮，正中間坐了尊孔子像，不大壯嚴，聽說是砸毀後重塑的。我理理了衣帽，緩緩的行了三鞠躬。

「為什麼行禮？」同行的山恩問我。他是加拿大人，剛畢業，來亞洲旅行。我們聊得投契，就結伴同行。

「第一，他的思想至今仍然行之四海。第二，他活過毛澤東。第三，雖然生在兩千年後，我還是佩服他的觀點。」

山恩笑起來，也行了三鞠躬。

打理了行李，我們動身回濟南，準備趕回北京。

早就風聞搭乘長途公車很辛苦，這次因為不想擠進濟南火車站買票，便心存僥倖改買公車票，結果真是受了一番折騰。先是三天前預定的班次突然決定不開了，沒奈何，只得先到天津再想辦法。

問題來了，公車站在那裡呢？問了許久，兜了大半個市區才找到車站。

不過能找到車站還算好的。有的城市儘管公車路線輻輳相集，卻沒有職司調度的車站。這類無形的車站，只是在一個當地人都知道的廣場上，縱橫交錯的暫停了各路公車。時候一到，車掌才探出頭喊著這路車的終點站，招呼乘客上車。看著人數足了，車子便調頭迴轉，在其他公車間穿梭離去。

好不容易七時三十分啟程。打從出了站，開車師傅的手就沒離開過喇叭。一路猛壓，催促前方的腳踏車讓路。車掌小姐也沒有閒著，一手抓著車票包，一手伸到窗外敲打車身，提醒側邊的人車閃避。當地人多用腳踏車代步，車流本就壅塞。晚近車輛迅速成長，加上沒有劃分車道，才會形成這種逃難式的交通。

這幾年大陸卯足了勁要搞活經濟，但對自由經濟體制仍是抱著躊躇的態度。人們對「自由」的認知，僅停留在「放任試試看」的理解程度。也因而很多相應的環節銜接不上，冒出許多混亂。有趣的是，這裡也有學者安慰人民說：「亂象是社會主義國家過渡到文明國家不可避免的陣痛。」和台灣一些社會學權威的見解相同。

出了省城，我想像是有條高速公路可走，結果只是一般的鄉間公路，類似台灣的省道或是產業道路，然而這是溝通河北、山東兩省唯一的省級幹道。

小小一車，有東北齊齊哈爾人、山西太原人，也有四川成都人。我說我是福建廈門人，山恩是外國商人來中國旅遊，我當地陪。大伙大江南北的談起各地風物，在晃盪的公車上倒也不覺無聊。後座幾個同志索性賭起錢來了。公車很是老舊，引擎跑起來像牛鳴，不時還有蒸汽從蓋子裡溜出來，像艘汽船。不過因為天寒地凍的，這倒有個好處。前頭的乘客全脫了鞋，把腳底板牢牢的貼在上頭，分著熱氣驅寒。

外頭平疇綿延，微微起伏。間歇摻雜的丘陵和溝地，也都闢成整齊下降的梯田。零星散布的農家小舍遠看樸質，近看破敗。路上沒啥人，車子雖然匡噹匡噹的，倒也飛快。引擎偶有不順，也只是不礙事的叮嗆。只有一次，引擎嗆了幾下，沒接上氣熄了火。開車的師傅踢了引擎蓋兩下，邊罵邊哈了腰，朝座位下拿出水桶。他差遣一個坐在門邊的乘客下去提水，又加水又敲打的才又出發。

我不知睡了多久，忽聽得車殼有些異響，睜開眼睛卻吃了一驚。外頭不知何時變成了萬頭鑽動的人海，彷彿開進難民潮裡。氾濫過來的人群磨擦著公車，壓得薄薄的車殼一會兒凹、一會兒凸。

「趙魁元村哪，碰上趕集啦！」鄰座的山西人說。這是個不定時的臨時性市集，湊巧碰上。

這集子兩側錯落著幾幢小屋，全挨著公路，是處非常迷你的聚落。村裡有兩條胡同，村人有的朝外擠，有的朝裡鑽。像岸邊的浪這頭要拍上來，那頭要搶下海，交錯相擠。灰藍、黑褐的棉襖和鴨舌帽下，裹著一張張老皺與光嫩的臉龐。驢車與攤販，機踏車和扶老攜幼的趕集人家，覆沒了整個小村。黑壓壓的，看不到一點黃土地面。只有賣甘蔗的蔗桿和紮滿糖葫蘆串的稻草棒，像旗杆一般，老遠就可以看見。攤販都把攤子和趕集車停在路中央，人群填滿了隙縫，車行完全受阻。正當這人車雜遝的當口，一戶人家撐起長篙，高懸了鞭炮，剎那間劈哩啪啦一片脆響，硝煙飛散中聽著百姓叫好，我感覺像個坐在花轎裡要出嫁的新娘。山恩坐在窗邊，有人瞧得稀罕，有人面色糾著古怪，特地湊近來打量。有些小姑娘抿著嘴也朝這兒傻笑。他說他像隻在圍欄裡給人觀賞的動物。

公車在集子裡一尺一寸的前進，彷彿摩西領著眾人出紅海的景象：阻在車頭的人慢慢讓開，車後的人又紛紛聚合，車子在喇叭聲和喧囂聲裡載浮載沉。這集子約莫有一公里，完全陷入混沌中，沒有人管，或許也因為沒有人在乎要維持交通吧！不過人與車碓是緊緊依在不發生傷害的極限上。

好不容易車子突出重圍，加速的向前跑。

接下來的漫漫長路，瞧不到幾個人影。路旁不時見到驢子低頭嚼草，或是靜靜佇立，豎直了耳朵平視前方。也有些主人正一前一後，拉推著罷走的驢。驢兒精靈，主人在前頭拉，它會低頭咬住轠繩，呼著白氣和他僵持。偶有驢蹄聲從遠方傳來，車行愈近，蹄聲愈脆。黃淮平原上十分空闊，冬天把這裡抹成一片灰，沒一點翠綠。驢子嘎啦啦的拉著木板車，車上罩著粗麻布，綁成饅頭模樣。駕車的老漢側坐在貨堆裡，隨著貨包微微的跳動。他沉默凝神，斜斜的，似看非看的望著遠方。手上一根細竹竿，竿頭繫著索繩，跟著車子的起伏在驢子上頭抖點。老漢不像在駕車，倒似在釣魚。木板車隨著驢子行走的韻律，踉踉蹌蹌的跟。驢子、板車和索繩形成一幅巧妙的平衡構圖，而老漢是重心所在。他身子不動、灰帽不動、白鬍子不動、竿子不動，眼神也不動。

前面的車子忽然停了，對面也沒車過來。那師傅看了情況，很習慣的熄了火拉了剎車桿，抽起煙來了。一會兒，後面陸陸續續又堵上幾部車輛。我瞧了瞧車上乘客。打盹的打盹、賭錢的賭錢、扯閒的扯閒，沒一個著慌。我看看錶，急得探頭張望，像是我這個出來旅遊的最沉不住氣。不知道堵了多少時候，前頭走來幾個婦人，大概是住在這附近的，從家裡提了桶熱玉米和饅頭來叫賣。

「同志啊，前頭怎麼回事？怎都不走了？」我念著晚上還得趕回北京，探出窗外問了婦人。

「不曉得，八成是前面路窄。兩頭耗上了，已經在協調了，甭急。」那婦人邊走邊整理桶子裡的玉米，慢條斯理的說。

沒奈何，只能乾等。又一刻鐘過去，前頭車子的排氣口出煙了，終於動了。師傅扔了煙，發動了車，前面果然有個路窄的地方。靠近了看，原來是一部拖運的煤車拋錨在路中間，占了大半個路面，車子得慢慢的把一邊輪子稍微開下路邊的土溝，才能通過。輪到我們這部車的時候，因為等待一個下車去解手的老兄，遲緩了些。對面的拖車不耐煩的立刻啟動，開了過來。我們的師傅也不怠慢，放了手剎車馬上迎了上去，兩台車像犀牛對峙一樣，密密的頂在一起，只剩條陽光都照不進去的小縫。開車師傅雙雙熄火下車，對著面，兩句話立刻吵嚷了起來。這時車內乘客終於關心起這場波折，鼓躁起來。於是大家推派出一位老先生。

「您老下去講講好話，給他倆排解排解，大家夥也方便麼。」成都那位同志慫恿者打氣。

老先生下車，不知嘟噥了什麼道理，拖車師傅決定禮讓。只聽得哈哈兩聲，各自上車。錯車的時候，兩位師傅還打了招呼。

天空開始飄雪，一陣比一陣強勁。雪花飛進土溝、樹梢、蘆芒、屋緣……所有的角落。路旁開始堆雪，路面上拉出了一條條混著雪和泥的轍痕，驢車上的人都裏上隨身的毛毯瑟縮起來。遠處煙塵迷濛的白楊已不可見，連近處的電線桿也模糊起來，大地蒼茫的一片。

愈行愈北，天色已晚，風雪卻沒歇息。路面上的泥雪全輾成了冰。車子本來就慢，大雪和濃霧一下，沿途又有許多追撞和滑下土溝山坡的車子，速度更緩。傍晚時分，車過海河上的千米橋，皙白的雪霜在月光下泛著粉紅的色澤。四野民家像全給結晶起來，散著藍幽幽的鏡光。熱氣在窗玻璃上到處凝結，那師傅逮著空檔，就得伸手猛擦擋風玻璃上的冰。預定抵達的時間早已過了，我也懶得心急，無聊的欣賞起窗上的冰晶，不時擦去一些，等著看下一次結出來的圖案。天邊盡頭就是天津燈火，直直橫橫的，一排排在風雪中閃爍。

從濟南到天津兩百公里，足足花了十二個小時。晚上八點下了車，四處黑漆漆、濕淋淋的，又是人潮洶湧。兩個腳跟總讓來往的人碰得站不穩，根本不知道這是天津的哪裡。和山恩兩人在風裡哆嗦，明天一早我們都得趕國際班機，必須兼程返回北京。我拉著他的手，邊走邊打聽火車站位置，一路閃閃撞撞，終於到了。站前小販雲集，一片燈海。

「你留在這裡，盯緊這根柱子，千千萬萬別走開，我去買火車票。」我挑了根醒目易認的柱子，鄭重的叮囑。他頭上的毛線帽因為冷，拉得很緊，成了瓜皮帽。帽子下一雙眼睛眨了眨，又好笑又緊張的答應。這半個月他和我在華北旅行，遊得盡興、也遊得辛苦。

我三步兩步的跑上火車站的台階，向裡頭看去。嘩，又是人！黝黑的一大片，像鍋裡正在沸騰的湯沫，四處冒湧著朝周圍淹開。十來個售票窗口，像明亮的星星，遠遠隔在銀河那頭。候車廳裡不知有多少人，不過仔細分辨，隱約可以從票窗口開始看出一條條隊伍的軌跡。隊伍裡的人幾乎貼在一起，生怕一個閃失會給甩了出去。隊伍有的朝前蠕動、有的橫擺、有的是停滯。由於相互交錯，中段和後半截全攪在一起，壓根兒分不清是排哪號窗口。隊伍間還有席地而坐，趴臥在行李上抱著小孩，甚至打地鋪睡覺的人。這些都像暗礁一樣，四處擱著。

有些票口大概賣的是搶手票，票窗前還站了公安，像鎮暴警察，揮舞拳頭警告一旁想插隊的黃牛。至於沒站哨的票口，人就搶得凶，同時有七、八人伸手朝票口扒抓。票口的檯緣上也站著許多人。他們一手抓穩鐵杆，一手彎腰去撈，活像一朵大海葵貼在票口上蓬勃的舞動。小小的票口裡，還卡了幾隻沒能完全伸進去的手。

往北京的票在哪一號票口？票怎麼買？我一下沒了主意。台階上有幾個老頭在幫人看相，這讓我感到啼笑皆非。人們在這裡像群難民，這樣沒尊嚴的推擠著，還有什麼命好看？又能看出怎樣的命？

「小兄弟，看相不？」身旁算命的看我一臉躊躇，對我說話。

「喔，不了。啊，您說這往北京的票買得到麼？」

他朝我打量。伸了頸子向候車廳裡抬了抬說：「進去買就是了，在這兒發楞能買個啥票。」

是啊！我捏了捏拳頭準備進去，就當是去趕集好了。

新加坡

維多利亞萬歲

飛機上看地面，總是寧靜太平。

從北京起飛，一路南行，才越過香港上空，溫度已回升到二十多度，足足和北京差了三十度有餘。窗外的高空無邊無際，過眼的白雲是一般模樣，不過堆堆聚聚，倒是一路變化。不久飛機打了個轉，陽光在銀白的機翼上彈飛。轉眼間，雲化為霧，霧化為流。等到拂竄下來，已是綺麗的群島風光。新加坡到了，一個傳說中最守規矩的華人社會。

在大陸旅行有些顧忌，總說自己是南方人，打福建來。在這裡我鬆了心，直接說是從台灣來的。沿途和計程車司機聊天，交換兩地的風物所知。

整潔和秩序，的確是台灣人到此一致的讚歎。從行人路權的界定、地鐵以丫型排隊線取代直的排隊線、以重罰禁止地鐵內的抽煙進食、管制汽車成長及進入市中心區的流量、賦予摩托車嚴格的條件等等，一切都在規範掌握中。

和一群老外乘舢板船遊新加坡河。船夫是從大陸逃難來的，操閩南方言。他看我興緻勃勃，也喜孜孜的告訴我關於河岸的往事。哪裡是貨倉、哪裡是碼頭、哪裡是說書講古的樹蔭、哪裡是診所。老人不會講英文，但船上配有英文的講解錄音帶。只要在經過某個風景點的時候，按下播送鍵就行了。有的老外聽得無聊，湊過來聽我們講話，也問起老人的人生。「啊，想那麼多作啥？人生像河啦，一直往前流，總會出海的。」老人掌著舵說。

南岸的紅燈碼頭，是新加坡開始發展的地方。這幾天正好碰上一年一度慶祝舊曆年而舉辦的十天小集，攤販雲集，更有民間技藝團的舞獅、踩蹺、雜耍。民眾圍成一大圈，扶老攜幼的觀賞。鑼鼓緊湊，掌聲喧天。河邊搭了鷹架，有來自大陸、港台、馬來西亞及本地的藝人獻藝。時值夜晚，整個河口地帶五彩繽紛。數尊大型的吉祥塑像立在岸邊，壯大了中國年的氣氛和情緒。

新加坡華人的祖先，都是飄洋過海來討生活的。他們似乎比台灣和大陸的華人更愛惜每個傳統。這些傳統可能只是幾個小故事、小技藝、小習慣，其實說不上是文化大節，卻也世代相守。這幾天在這裡，身旁不時遇見印度人、馬來人、印尼人等各色人種。他們帶給我的陌生感覺不只是人，更是文化。我想，未來人類文明比較健康的方向，會是各民族把文化中最優美的部分呈現出來吧！

遠處船帆點點，河畔參差的高樓，有星辰和霓虹作伴。音樂和海風包裹了整個碼頭，雙雙對對的情侶依偎在河邊。遠方海口大橋上的路燈，映在河上，拉長成一條條光之布匹。月光下的河畔，還辨得出草地那種青綠的柔嫩。

新加坡建國不到三十年，以一個多種族、多人口的小島，維繫了井然的秩序，名聞遐邇。雖然在英國主政時代已初具規模，但比諸世界其他英屬殖民地，顯然新加坡人繼續發揚了秩序與條理。是這一股強大的精神力，才真正讓新加坡不斷的向前進步。就像這條昔日骯髒的河流，自一九七七年開始全力整治，十年後終於脫胎換骨。這個國家在這類建設的經營上，真是一步一腳印。

同是華人社會：大陸、台灣、香港，以至於世界各地的中國城，各自形成了不同的發展。新加坡在維護華人社會和力求國際化間，也有平衡的難題。一個當地華人氣憤的說：「新加坡百分之七十是華人，執政的也是華人，為什麼官方語言是英語？誰規定英語是多民族國家的通用語？馬來西亞也是多民族國家，官方語言照樣是馬來語。」他說：「說什麼要推行華文教育，支援華文教育，請來一些講儒家思想的教授學者，其實都是騙人的。連官方的文件和語言都不能英、華並行，談什麼中國文化？我們這個政府是個四面佛。四面啊！捉摸不定。佛啊！你只能求他。」

我不由得想起此地圖書館內中文書籍的數量和成色。這位先生沒有說錯，要從這種條件中發展出什麼華人的思想文化，的確困難。不過，這也許正是新加坡政府不想努力的部分。因為在此地的文化經驗裡，華人思想並非代表進步，白人秩序才是生存之道。新加坡島南邊有個渡假勝地聖陶沙，島上有個「先驅人物展覽館」及「投降會議廳」，在那裡可以看到一些蛛絲馬跡。

從館中的展示我可以感受到：新加坡對當年英國佔領此地一事，是翹首感恩而不記恨。而對二次大戰中，英軍從馬來半島上倉惶敗退，是惋惜依依而不苛責。這兩個展覽廳中呈現的英國，是一幅建設的圖象，充滿了殖民地對殖民母國的依戀迴護。而相對於英國的日本，則是破壞的兇手。新加坡人似乎不覺得，新加坡當年只是英國在亞洲的跳板與堡壘，一切只是利用。或者說他們雖也明白，但並不介意。可見侵略本身，還不足以決定被侵略人民對侵略者的情感傾向，而是取決於侵略後的發展。一如台灣老一輩人對日本的眷念和好感。

展覽館的正門口還立了塊精緻的壓克力牌子，牌子正面寫著：「為理解現在邁入未來，人們必須對過去有足夠的認識，要有足夠的民族歷史感。」走到背面一看：「新加坡是移民社會。凡是能確保我們生存、安全和成功的一切，就是我們的價值。」這鏗鏘兩句，真是道盡新加坡的性格。

我在這個維多利亞時代奠基的城市中走覽了幾天，決定啟程到馬來西亞。馬來西亞的邊關，設在新加坡的中峇魯站。一進中峇魯站，我更確定快要入境馬來西亞了。因為車站雖然外型宏偉，但是內部的廳堂及四周的環境，都變得髒亂起來。新加坡市容中習見的乾淨，全擋在車站外頭。一個國家有一個國家的習氣，果然具體而微，絲毫都偽裝不來。

夕暮裡火車啟程北行，從黃昏坐到月夜。這樣安靜的夜裡，只有火車嚕嚕的前進聲。窗外成群的螢火蟲忽而明、忽而滅，此起彼落的閃爍在大平原上。油棕樹整整齊齊的展開，在黑暗的遮掩下顯得深不可測。螢光閃耀在油棕成團的枝葉上，成了一棵棵閃亮的聖誕樹。明天就到馬來西亞了，那裡也有一群華人，他們又是如何模樣？和台灣、大陸、新加坡都不同吧！

天上的星空，收拾了整個大地的光亮，讓人不由得向上仰視起來。浩瀚的天頂彷彿充滿了磁力，不論目光停在那裡，總會被吸引到天上去。從大地看藍天，也是寧靜太平，一如從飛機上看地面。

馬來西亞

沙發縫裡的尖刀

除夕，第一次在國外過年。

阿良是馬來西亞的僑生，高中畢業後就到台灣來念大學，我們成了同學。他得知我出來旅行，邀請我去過他們的中國年。「我們的中國年比台灣熱鬧多了。」阿良說。

這個華人聚落不大，街上全是閩南式的騎樓建築，十分眼熟，在台北老街、金門、廈門和新加坡都看得到。其實不止騎樓，連五金行的擺置都一樣。屋內隔成三排，樑上掛滿了鍋壺掃把南北雜貨。路邊都是熟悉的小吃，而橫掃華人社會的MTV、KTV和金庸武俠小說，也早已來到這裡。城裡車水馬龍，擠滿了辦年貨的民眾。幾支敲鑼打鼓的舞龍舞獅隊，也當街表演，四處歡騰騰的。「要過年嘍！」一個擺年糕攤子的老婆婆一邊吆喝，一邊把大塊的年糕切成幾個小的分著賣。這城雖小，年節的什貨和氣氛卻非常豐足。

阿良開車載我在城裡城外四處參觀，拜過關帝廟，也去看了他從前的中小學。校舍簡陋，但馬來西亞的華人子弟，就靠這些學校延續語言、文字、風俗習慣。「這些年台灣僑務的形象很差，物價、學費又飛漲，到大陸念大學的愈來愈多。其實哪裡能念哪裡去，這裡的學生不像台灣都往美國去，我們有辦法的大多是留學英國，新加坡的學生也是。」阿良坐在校門口的台階上抽煙，一根又一根。他爸爸經營鐵工廠，他一回國就接手幫忙：「這一年還好，日子一樣過。年年難過年年過，工廠的事情好像永遠也解決不完，債務的問題更是不敢過問。現在覺得，知道的事愈少，愈是多一分清心。我老爸說的沒錯，做人就是求個生存，那有時間瞎想？但是老覺得自己愈來愈現實，求溫飽、求安逸，拼命的努力，卻又像無頭蒼蠅般的亂衝亂闖。」他邊抽著煙，邊看著遠方，吐出來的煙氣一口比一口長，我靜靜的不敢搭腔。我想起在台北埋頭工作快三十年的爸爸，以及朋友們聽說我可以出來旅行時那種羨慕的眼光。

阿良一家是一九五六年從泉州逃出來的。他的祖父母帶著才十歲的兒子，和還在襁褓中的女兒，過海來到這片當時沒有天災人禍的土地。如今阿良有三個姊姊，一個弟弟。

回到車上，我們往前經過一個路口的時候，阿良突然面色凝重起來，要我待會兒不要講話。我正覺得奇怪，車子立刻停了下來。

「臨檢！」兩個馬來警察走近車窗說。阿良笑著拿出證件，遞了出去，並且和他們用馬來話寒暄，閒話家常，像很久不見的朋友。然而一通過路口，他臉上的笑容像是被逮捕了，好一陣子沒表情，也不說話。

「為什麼這麼戰戰兢兢？」

「不戰戰兢兢？他們要找麻煩的話，辦法可多著！忍一忍就算了。你瞧瞧外頭店面的招牌。」阿良指著外頭。

我順著他的手看出去，招牌沒什麼特別：「怎麼了？」

「今年有個新規定：所有的招牌上，馬來文一定要寫在華文前面或上面。而且，」他剎住車子，一個字一個字的對我說：「字，要，比，較，大。」果然，外頭招牌上的華文字像掛號室裡的病人，一個挨著一個、懨懨的蹲在角落。

晚上就過年了，下午和阿良家人去看園子。

園子是指種有經濟作物的小農場，這附近是這個州境內最大的平原。車子在唯一的鄉間道路上跑，除了沙塵外沒一點動靜。路徑蜿蜒在油棕的樹海裡，點綴著一些小規模的橡膠園。橡樹高大，兩邊夾抱起來像個綠色隧道。此外，還有一些咖啡園和可可園。沿途碰到的幾條大河，都有濃郁的熱帶氣息。墨黑的水緩緩流動，沒有河灘，也不見河床。兩岸高大的灌木叢，濃密密的簇成一大片。

到了園子，阿良的爸爸顯得格外高興，催促著大家去撿榴槤。他隨手拾起一顆對我說：「榴槤樹很高，人根本摘不到。老天爺要給我們吃的時候，就會讓它掉下來。不必急，也急不來，人的工作就是把樹照顧好。」我順著樹幹看上去，果真很高。枝葉交掩，把藍天圍成了一個圓形的小湖。周圍還有許多高聳的榴槤幹，大概是受了雷擊，死而不腐，焦黑的立在那裡。

「來，快來吃，沒吃過榴槤，不算來過馬來西亞。」阿良的母親一手壓住刺蝟般的榴槤，對它的刺渾然不覺。然後揮起水果刀，高高的砍了下去。咚的一聲，榴槤開了，裡頭全是乳黃色的果實。這裡的榴槤果然很有滋味，入口香醇，直透腦門。比較起來，前幾天在街上吃的只能算是搗爛的蒜泥。

「你也來吃吧。」我對阿良的弟弟說。

「喔，謝謝，你先吃吧，我一會兒就過來。」他拿著獵槍，目光在榴槤枝頭間搜尋：「榴槤成熟的時候香味四散，會引來很多松鼠偷吃。非得打死個幾隻，才能嚇住牠們。」阿良的弟弟解釋著。他個子高大，活像顆榴槤樹，有我兩、三倍壯：「以前還得用獵槍來警告一些打劫的毛賊。」他若無其事的邊說，邊盯著上頭。

天上飄來一片流雲，落下來的影子把林子遮去一大塊。

「當年阿良的祖父拿著一把鋸子，捲著袖管，硬是和幾個同鄉進了這片林子開墾，」阿良的爸爸托著腰，指著一片山坡上連綿的油棕園說：「早先是種油棕和橡膠。那時候大人採膠，小孩也得在腰邊繫著小桶子幫忙，把採下來的膠汁都倒在一起。小孩個子小，拖鞋大，常常被橡樹的根絆倒，打翻了收集半天的膠汁，跟著就少不了一頓揍。阿良就挨了不少。」他停了一口氣，轉了話題：「橡樹的果子裂開的時候，整個園子嗶嗶剝剝的，特別好聽。」我跟著他看向遠方，原野拉成一條很低的地平線，藍天白雲完全的伸展在這片遼闊的大河平野上。

不知怎的，我想起我爸爸以前罵我：若是讀不了書，就去跟人家揀牛糞的事。

「後來賣了園子，投資蓋工廠，剩下這塊就改種榴槤、山竹和蜜柑。平常也雇了人來看顧，但是自個兒還是得天天來照料。累是累了一點，不過收成的時候價錢還不錯，現在日子好過多了。」阿良的父親說著，順手就拔掉了山竹樹旁的雜草。

「您回過家鄉了嗎？」我問起他泉州的老家。

「去過了，都變了。以前年紀小，還想有一天要風風光光的回去，現在知道是走不了了。」他搖著手歎氣。

我轉過頭問阿良：「那你呢？」

「我生在這裡，長在這裡，熟悉這裡，也將屬於這裡。」

「那子孫呢？」

「那是子孫的事，我管不著。」

阿良的父親歎了一口氣：「回去做什麼？馬來西亞、馬來西亞，人家不清清楚楚的說了嗎？怎麼也不是華人西亞。在這裡待了四十年，好像還不覺得是自己的地方。但又有哪裡比這裡好？至少這裡比泰國好、比越南好、比緬甸好。有華人朋友、有中國菜、有華文報紙。只要不去想東想西的，日子好過的很。以後有一天，工廠的事情不再要我操心，我就搬到園子來消磨後半輩子。」

從園子回來，我有些疲倦，在屋裡打了個盹。一覺醒來，天色已暗，到處黑濛濛的。屋裡沒人，我走到屋外散步。繞過水溝，走到後頭的一畝農地邊。黑暗中隔著圍籬，有兩個人影隱在那頭的草叢，正在拆卸一套三、四公尺高的機組，依稀認得出是阿良和他父親。我想，大年夜的，怎麼還不休息呢？我得幫幫忙。於是跳過水溝，挨近了籬問：「阿良，你們在作什麼？」

突然聽到阿良吼了一聲：「不要講話。」我嚇了一跳，趕緊回頭走開，匆忙間險些撞上阿良的二姊。她不知道從什麼時候開始就站在旁邊，方才天黑沒有看見。

又聽到阿良叫著：「阿弟，快來。」

我不清楚發生了什麼事情，但也推知了三分。

「這一帶要收保護費，有時候收了還來搗亂。那個機組是我們的，」二姊淡淡的說：「被他們強收了去，我們要拿回來載走。」

過了半個小時，他們拆得差不多了，我和他二姊也蹲在圍籬邊幫忙。這道圍籬是鐵絲網編的，很高，但下頭有縫。這邊把圍籬的底緣硬掀了上來，阿良那頭，則把拆好的零件抬著遞過來。我們協力把機組搬越水溝，再費勁的拖上一部小貨車。大家的汗珠滴落在泥地裡，還怕滴出聲響。

洗過澡，全家都換上新衣服，一同祭過祖先和院子裡的土地公，就在客廳坐了下來。這是頓豐盛的年夜飯，桌上滿滿的菜餚，擺得連碗筷都擱不上去。阿良遠嫁到紐西蘭的小姑姑也趕回來團圓。

團圓飯吃得熱熱鬧鬧的。阿良的祖母、父母、大姊、姊夫、二姊、三姊、小弟、小姑姑、姑丈和兩個小兒子，三三兩兩的聊起來。誰誰誰出嫁了，誰誰誰又過世了。像是把今年的事從頭到尾檢查一遍，挑出來說。有的讓人發笑，有的讓人歎息。

阿良的父親今天一大早就出門調頭寸，現在也和兒孫有說有笑了。他穿著花白的襯衫向大家賀年，招呼大家用餐喝酒。看他斑白的頭髮和一臉若無其事的微笑，我強烈的感到生活壓力下的辛酸和生命的堅韌。想起自己的祖先和父親，在遙遠的另一個島上演出另一齣生命和生活的戰鬥，然後有我今天可以旅行的機會。

飯後，所有還沒結婚的大小孩全拿了紅包。我也從阿良的父母和祖母那裡，各得了一份壓歲錢。阿良的媽媽特別泡了一壺茶，招呼小姑一家多用甜點。

小姑的小孩還小，在客廳的沙發旁又跳又鬧，怎麼樣也不肯安靜。我坐在旁邊，一面看著新加坡製作的華語賀歲節目，一面照料著這兩個活蹦亂跳的小男孩。小孩好奇的翻弄家具，無意間，突然在沙發臂靠和椅墊的夾縫中撥出一個東西。我還盯著電視，沒瞧清楚。看上去好像是一段長長的木柄，透著古怪。我順手抽了出來，原來是一把一尺長的尖刀，刀很鋒利，森冷冷的閃著光。

「阿良，這刀要放哪裡？」我想這刀大概是作年夜飯時，沒注意掉進沙發縫裡的。我覺得有點危險，拿了出來，要幫忙放回原位。

「那是擱在那裡的，」阿良瞄了刀一眼，又回過頭去，輕輕淡淡的說：「你放回去。」

這刀是放沙發縫裡的？為什麼？

我假裝鎮定，把刀放回那個不顯眼，但一伸手就可以抽出來的夾縫處，這是為什麼？這是為什麼？一陣涼意，從心底透上來。是怕人來鬧事嗎？是誰？

小孩還在客廳跑來跑去，祖母坐在沙發的另一頭，頷著頭，撥弄手上的念珠。餐桌上的雞鴨魚肉，還像沒人吃過一樣的豐盛。沙發的對面是祖先牌位，和一尊慈眉低垂的觀音。供台的小香爐上，插著滿滿的柱香，擺了兩根寫著國泰民安的粗蠟燭。那薰香，連同蠟燭的燭光，瀰漫在這個小客廳裡。這頭的小茶几上，堆著些雜誌和一套《水滸傳》的漫畫書。目光回到這個沙發縫，我眼前浮起那塊耀武揚威的馬來文招牌，和園子裡打松鼠、打毛賊的獵槍。

夜深了，阿良的爸媽在客廳裏守歲，我回到房間熄了燈。窗外透進來的一些亮光照在牆上，牆上懸著阿良祖父的遺像，和他們一家人初到馬來西亞時的照片。旁邊是一幅對聯，聯上寫著「危石才通馬道，空山更有人家」，我看著久久不能入睡。這裡的華人就為一口飯吃，雖然政治上沒有出路，文化上勉強守成。然而，就靠這樣幾句家傳的教訓，縱使外頭風雨飄搖，心裡總有一片安家謹守的福田。好一個「危石才通馬道，空山更有人家」！

窗外，不時有沖天炮像小偷一樣的溜竄上天，突然亮一小片。馬來西亞政府明令禁止鞭炮，而這裡的煙火和鞭炮聲，像是沒有人要的孩子，在除夕夜裡，躲在暗處，一個人自尋開心的玩耍。

馬來西亞

海龜

這片海很平靜，但小艇開得勁急。浪頭重重而來，像衝浪一樣，彈飛在大海的胸膛上。偶而激得丈高，小艇就如破冰船，轟隆隆的竄進海的山谷，谷裏一片瞬間的晶瑩。小艇才過，山谷復合，描出一道白花花的長痕。

刁曼島到了，這是馬來西亞外海的一處名勝。眼前的世界很簡單，浪只是拍、沙只是翻、白雲和木船只是飄，海灘上呼呼的吹著讓人鬆軟的熱風。遠遠看去，南方有駢立的雙峰聳在雲霄。椰樹上幾隻猴子，壓得樹幹上上下下的招搖。微風逐著一排濱刺麥的毬果，奮力和天上的鷹賽跑。趕上岸的浪，嘩啦啦的拍成整盤沸騰的泡沫，又化作千萬顆明亮的珠子溜回海裏。附近有幾戶人家，木屋離地架高，簷下一方清爽的小陽台，周圍是一些用棕櫚葉編搭的涼亭。這是段安靜又活力充沛的海灘。

夕陽漸西，海水隨退潮一回回去得遠了，灘上漂留了無數的珊瑚碎片。我沿著海灘散步，看到一群身子黝亮的小孩子聚著叫嚷。我好奇的問，隨他們比手劃腳的方向看過去，才知道他們在看海龜。

海龜，真的是海龜！在緩緩起伏的波潮中。海龜時而露出側足，時而浮現圓聳的背，時而伸出頭向岸上張望，咧著嘴哈氣。我看得呆了，一隻、兩隻、五隻、十隻，真不知海中有多少？聽旁邊的人說，這種海龜終生晏居大洋底，深海不知處。只有產卵時才會迢迢出海，尋上岸來。這裏是世上僅有的幾段海龜會上岸的地帶，今天正巧讓我們碰上。

海龜不斷的游近，我們的呼吸全摒在這片海域，驚呼每一次的身影，希望能看到牠們上岸。牠們幾度已經踏上陸地的邊界，卻又狐疑的迴身入海。從黃昏到傍晚，海水的顏色由藍而灰，海龜依然在咫尺處盤桓。有個年輕人等不及，兩三步躍入海中，幾個潛浮，偷偷的游向了其中一隻龜。我們暗暗的喝采，看他逐漸的逼近。忽然一個浪翻過，只見他沒命的游上岸來，一臉驚嚇的喘著氣說：「看那隻龜還很遠，轉眼卻出現在面前，好大、好靈活。」

看他心有餘悸的模樣，我想起在尼泊爾山區健行時，有一次碰上猴群的事。那是一大群正由溪谷攀出來要上稜頂的猴子。我獨自走在陡峭的山腰路，才聽到樹梢上沙沙的抖動，一抬頭就看到正前方一隻高大的猴子。牠左手搭在樹枝上，右手長垂。白鬢、黑臉、灰褐的體幹顯得相當魁梧。牠停下來，嚴肅的瞪著我。我不敢硬衝，只得和牠對看。才一僵持，牠身後的猴群陸陸續續趕到，聚得愈來愈多，擋住我的去路。我看看四周，森密的林子裏，陽光也只落了幾個光點進來。正不知如何是好時，突然響起一片鈴聲，是我身後的驢隊到了。這一帶山區交通不便，物資全仗驢隊駝運。驢兒脖子上懸著銅鈴，走動的時候鈴聲清越，滿山聽聞。那隻大灰猴看了看前後，張口引吭，橫過山路直向上去。龐大的猴群彷彿一群疾飛的野雁，從我眼前晃蕩過去，留下楞得出神的我，和愈來愈近的鈴聲。

在海中迎面碰上海龜，也像在山裏被猴群攔住一樣吧！遠望海龜，果然十分矯健，如大海的蝴蝶，一個浪過，就從這頭到那頭。又過了半個鐘頭，海龜依然浮游在外，不肯上岸。

天色逐漸閉合在低低垂落的夜幕裏，海龜也隱進黑暗中。人類和海龜，活在地球上的兩個角落。對牠們而言，離開深海爬上空氣圍繞的沙灘，大概也像我們跳進海裏潛游在水中。牠們幾千公尺下的故鄉，是人類未知的奧秘，一如陸地上的高山和藍天，也是海龜心目中深不可及、無比神秘的海溝。

卷二

文明與野性

瑞士

暖暖的雪

船入琉森湖，薄雪紛飛。

琉森是個害羞的小孩，悄悄地躲在角落，用一雙清澈明亮的眼睛注視著，讓人不由得想伸出手去呵護。雪花是最憐愛他的，四面八方、無聲無息的、一片又一片慈祥的撫摸。我慢慢的走在用小石塊細細鑲就的街上，聽著自己的腳步回聲。小城的景色是這般天真無瑕，任何一個角落，任何一次回眸，都讓人想去讚美，讓人的心思變得簡單、樸素。街上沒有行人，清清冷冷的。驀然一處教堂鐘響，回音蕩漾，一下子讓我覺得清醒而寒冷起來，不禁拉高衣襟。

船塢那頭聚集了一些要賞湖的遊客，我也隨著踏上一艘小船。塢口旁水波盈盈，游動的水鴨安詳入定，如飄浮的玩具鴨子。

湖遠看沒有一點波瀾，像鋪了一層白皚皚的濃霜。視野的盡頭是長年積雪的高山，倒影都沉映在湖裡。湖邊人家，疏疏落落的。鄰間有花樹相隔，小村和小村之間有濃密的森林。遠處教堂的尖頂上，飛鳥如一道薄薄的彩虹，冉冉跨向天空。

湖岸的山成於冰河，都以百公尺的落差落入湖裡。有的突出如岬角，有的獨立如屏風。湖山凹凸相次，在冰天雪地中挺著硬朗磊落的姿態。小船一會兒彎一會兒直的靠近湖的深處。身後的山頭像是溜到船尾，替我們關上通往人類世界的大門。小船搖曳前進，湖岸並列的青山一個挨著一個出場。偶爾大霧飄來，在澄淨的湖面上推移。一陣明、一陣迷，彷彿有意逗人。在這裡，人有靈氣、小船有靈氣、青山和大霧也都有靈氣。

登上一個不知名的小村，隨著滑雪的人搭上纜車。纜車晃蕩晃蕩的，不久就從濃濃的水氣裡浮了上去，腳下的城和湖縮得微小。城鑲在湖邊，湖臥在林間。林外浩野銀白，綴了幾片孤零零的枯樹林。正下方杉樹漫布，和雪地一黑一白的搭配。小屋隱在林間，嬉鬧的小孩隱在雪堆間，而我正徐徐的飛過他們上空。

迎面來了一面絕壁，纜車愈來愈高。外頭的風帶著雪，雪拉著霧，一團一團的砸下來。纜繩傳來的動力強勁，像拉扯釣杆一樣的抽緊。山坡愈陡，纜車愈快。愈陡、愈快、愈陡、愈快，終於衝進一片密密的霧裡。

纜車停在千餘公尺的最高峰上。大雪紛紛，不見一物，只有銳利的岩角和高聳的樹冠微微顯著輪廓。翻過山鞍進了滑雪場。雪坡像拂開的一襲輕紗，光滑細膩的披了下山。

第一次看滑雪，雖然沒有裝備，我也開心的脫掉濕透的襪子，十個指頭抓在鞋上，跟著滑雪的人群溜了下去。鞋子不穩，一偏滑就栽進了雪堆。跌坐遠望，雪面如大海般波光粼粼，而貼近去看，天地的純淨像都藏到了雪花的結晶裡。雪地相連而起伏，偶而看見一、兩個青年，從高高的山頭俯衝下來，在劃過的一長線中享受速度裡的遺世獨立。

從天邊的雪峰、滑雪的圈谷，到山下的琉森。這兩天豐沛的雪把山河景色改換了模樣，不見了人間味道。像是不知從何而來的白色世界，隨了翩翩雪花，不經意的落在這裡。這四周構成一種很安靜的氛圍，好像大自然的一切都在休息。一旦出聲，就會驚擾到它。

回到山下的小村，準備搭船。候船的塢口是間小屋，入口一道厚重的玻璃門。我跟在一個年輕人身後低著頭走，一邊伸出手去，想要擋住彈回來的門。意外的，手扶了個空。抬起頭來，是他站在前面，微笑的拉著門等我。

「謝謝。」會過意來我立刻說。坐到一旁，還覺得受寵若驚。

「你不冷嗎？」一位打掃的老太太走到身邊問。

「不冷。」我揮掉附在夾克上的白雪。

「那怎麼可能，你沒有穿襪子，」老太太看著我的腳，很擔心的說。她索性彎下腰，伸手碰了我冰冷的腳。「你看，這麼冷會凍壞的。」老太太帶著責備的語氣。她坐到我身邊，擱下掃把，慢慢的脫掉腳上兩層毛襪的外層，遞了給我：「快穿上。」我不冷，卻很感動，穿起了這雙尺寸不合的毛襪。

小船靠岸了，我登了船揮手向這位老太太致意。我轉身走向船艙，雪花隨著步伐一層層的落下，模糊了老太太的身影。這雪裡的山、湖、人們，是我踏上歐洲的第一個印象。

西班牙

紅巾下的鮮血

那牛已經倒了下來，一聲比一聲淒厲的嚎叫，像是恨極了的詛咒，讓我全身都緊張起來。我看不見牠的眼神，只見牠全身不停的顫抖，非常勉強的甩頭。牛所流露出的掙扎令全場屏息。我知道牛很害怕，牠已經感覺到死亡。

午後雨歇的塞維爾，天空還有些陰，一群群愉快而興奮的人潮，湧進這個古老的競技場。人們穿得十分體面，像是趕赴一場音樂盛會。放好租來的坐墊，拍去塵土，觀眾很有秩序的坐定。鬥牛，這個久遠的傳統就像此處競技場一樣，依然矗立在西班牙人的心中。塞維爾是西班牙南部的大城，這幾天適逢慶典，循例舉行一連幾個星期的鬥牛演出。

清亮的喇叭聲響起，喧嘩的會場立刻安靜下來，等待著鬥牛士的出場。當管弦樂接著奏起時，一個鬥牛士走了出來。緊俏的衣著上貼滿了金片，閃閃發亮。跟著又走進兩個鬥牛士，手上都是拿著一張前藍後黃的舞巾。

不一會兒，喇叭如戰鼓，叭叭叭的變得急驟而高昂。看台下的警衛小心翼翼的放開閘門，一隻鬥牛立刻竄出眼前。牠直衝到場中心，氣力十足的瞪著三個躲在場邊的鬥牛士。牛像是稍微思考了一下，就低下頭來，前腳不斷的撥起地上的砂土。就在撥土的速度開始慢下來的當口，這頭看似笨重的大牛，卻像箭一樣的射了出去。

競技場的設計很巧妙。鬥牛士站在場的邊緣，身旁都有一堵厚重的木橋。木牆和場緣的縫隙剛好是一人寬，牛身龐大不可能穿過。鬥牛士等牛靠近了，便機靈靈的閃進木牆後躲避。牛看到無法攻擊，只得停下腳步，憤憤的瞪著牆裡的人。此時，另個角落的鬥牛士就跑出木牆，拚命揮動了舞巾吸引注意，讓牛回頭來追。等牛又近了，她也如法泡製。就這樣，由三個鬥牛士輪流耗損牛的體力。牛雖然無可奈何，但總是不顧一切的，追趕每一次戲弄牠的人。

有時牛會剎不下腳，或是牠索性不想剎住，便狠狠的撞上木牆。就聽到一下沉重的撞擊聲，牛角戳進木牆裡，牛再後退著把角抽出來。有時，牛搶先佔了牆的縫隙口，鬥牛士只得沒命的拋了舞巾，狼狽的翻牆逃走，甚至是躲在木牆裡許久不敢出來。而牛，就在場中四顧睥睨，狠掃尾巴，猛力的哼著鼻息。

接著出場的，是一位騎馬的鬥牛士。他有個副手，場內外還有檢場護送。這騎馬的鬥牛士手拿長矛，不停的對著牛前後挑逗，終於又惹起牛的怒氣，直對著馬衝。鬥牛士居高臨下，他得抓緊時機，用長矛猛刺牛頸的關節處。牛一吃痛，勁力收縮，前衝的力量就不足為道。但這並不簡單：若是刺不準或勢頭不對，單憑牛背厚韌的皮，長矛根本無法傷牠。好幾次鬥牛士沒有刺中，奔牛雷霆萬鈞的衝力，不但撇斷長矛，並且一團撞進馬腹。這些上場的馬，眼睛都矇著黑色的布條，不讓牠害怕。而且身上覆著皮革網籠，罩住腿幹和胸腹要害。儘管如此，這些看起來比鬥牛高壯的駿馬，在牛的一撞之下都吃不住力，步伐頓時細碎蹣跚，甚至一聲痛苦的嘶鳴未止就跪了下去。

有幾次鬥牛已被刺中，但一股要同歸於盡的爆發力，讓牠不顧背上的創傷，連馬帶人一起頂上牛角，硬是掀了個人仰馬翻。鬥牛士雖然在腰腿以下有鐵胄密密的包裹著，但若被翻倒的馬體壓住，根本不能動彈。整個上半身，便完全暴露在牛的攻擊範圍裡。這時，周圍的副手、檢場和先前那些躲在木牆邊的鬥牛士，就會全跑出來，合力引開牛隻。那被掀下馬的鬥牛士，不論是老手或新手，雖然刺牛的準頭不同，但是棄馬棄矛、翻出競技場圍牆的速度倒是一樣。

跟著是「雙戟刺牛」。這是利用牛在急衝過來的當口，鬥牛士突然騰跳起來，側開牛的撞擊。並且要把兩隻叉戟，在騰跳的瞬間插入牛的脊背上。萬一沒有刺中，鬥牛士就得設法撿回叉戟再試一下，非得插進去才算數。當然，在這個手無寸鐵的空檔，場內外的檢場又會上來轉移牛的憤怒。

當喇叭聲再度響起，壓軸戲上場了。這個負責壓軸的鬥牛士手持鮮紅的舞巾，最是威風凜凜。當然，他的危險性也是最高。不比第一段出場的鬥牛士，他是直挺挺的站在競技場的正中央。也不比第二段的鬥牛士，好歹有匹馬可以擋上一擋。更不像第三段的雙戟鬥牛士，前呼後擁，有檢場助威。他一個人獨立場中，擺出各種優雅的姿勢和步伐，顯露著某種勇敢的身段。等到掌聲如雷，他才開始以小步伐和大聲的吆喝，對牛積極挑釁。

經過前面近二十分鐘的折騰，牛已經不若先前威猛。牠喘息不止，口鼻唾沫不斷的灑落。腹股間柔軟的鬚毛，像濕透的筆刷垂著大量的體液。漸漸的，牛站不住腳，便屈了後腿休息，卻又倔強的不肯坐臥。

牛終於燒起最後一把怒火，沒命的奮起攻擊。鬥牛士左右揮動那張火紅的舞巾，藉以控制牛的方向。他總是等牛衝近時，再巧妙的迴身，把紅巾抽抖上來，讓牛在紅巾下撲一個空。幾番撲空後，牛已瘋狂。牠彷彿只是無止歇的衝向那飛舞的紅巾。那不是紅巾，而是恥笑，是永遠不能被原諒的侮辱。狂奔的牛如獅如虎，低傾的牛角、寬厚的前胸、修長結實的腰腿，在高度的憤怒中盲衝。隆隆的鳴叫早已讓全場觀眾抓緊了拳頭，等待人牛最後的搏鬥。

牛身龐大，本來就不容易轉身，何況是在高速的狂奔中。然而此刻的牛熾怒到了極點，牠竟然變得可以在瞬間轉身，這真是個悲壯的奇蹟。鬥牛士翻起紅巾，用各種非常驚險的角度讓開牛的狠衝。牛則以各種不可思議的迴轉、騰躍、撲抓，死死的跟住四面飛舞的紅巾。

這時觀眾的噓聲和叫好聲，隨著場中的生死相搏，有一致的表露。如果牛一開始就栽倒，或是停步喘息，觀眾就報以噓聲。但是如果牛在仇恨和痛苦中反撲，在最後難免一死的宿命中勇敢奮起，就會引來全場的尊敬。觀眾品評鬥牛士也是一樣，他們要看鬥牛士怎麼用最漂亮的閃躲姿勢，來挑逗牛的憤恨，逼迫牛的瘋狂。鬥牛士有時前挺小腹，讓牛從背後擦過臀部。有時向後單跪一腿，引牛迴轉。有時雙手環抱牛身，和牛起打轉。這些動作作到了，才有如雷的讚美聲。如果鬥牛士只是一味閃躲，心懷顧忌的和牛保持距離，就會噓聲不斷。

原來，西班牙人讚美鬥牛士，也讚美鬥牛。人們要看鬥牛士，如何在優美的鎮定中，主導可能致死的遊戲。也要看鬥牛，如何在無可更改的絕對劣勢和逐漸靠近的死亡中，作出最後的掙扎。人和牛，都要有對死亡的恐懼和你死我活的認知，這是精神和勇氣的來源。人的聰明和牛的意志，在死亡關頭發揮得淋漓盡致，這個價值遠遠超過各自的生命。生者生得榮耀、死者死得壯烈。

「人和牛都要真功夫。一隻在競技場上光榮死去的鬥牛，要比在屠宰場裏被電死的肉牛有意義多了，知道嗎？年輕人。」鄰座咕嚕嚕喝著可樂的老頭，解說著鬥牛運動的大道理。

經過數十次的舞弄，牛已經沒了力氣，只能站著不動。鬥牛士知道時辰已到。他高舉雙手，踩出許多炫耀用的步伐，最後一次以血紅的舞巾引逗牛的奮擊。牛猛衝上去了。就是這個瞬間，鬥牛士大喝一聲橫手甩開紅巾。一柄暗藏的長劍直刺牛頸，整根沒入牛背之中，直貫腰腹。牛再也站立不住，搖晃幾步後就癱臥下去。觀眾席上歡聲雷動，所有的鬥牛士一起入場圍住這頭奄奄一息的牛。而牛，只是勉強的甩頭。

鬥牛士取出一把匕首，鋒利的刀刃讓全場都亮了起來。他向天高舉匕首，踏前一步，用力插進牛的眉心。抽搐了幾下，牛頭緩緩的垮了下去。牛死了。

喇叭隊和管弦樂團左右齊鳴，宣布了比賽結果。檢場人員全部進場，先用鐵箍鎖扣牛頭，再綁到三匹馬的肩轡上。後面一個檢場怒叱一聲，揚鞭打在地上。三匹馬吃了一驚，也許是怕遭到和牛一樣的下場，乖乖的奔跑起來。前面的檢場引著馬，拖著牛的屍體繞場示眾。就這樣，一個在前頭拉馬，一個在旁邊揮打長鞭，其他的檢場則拿著掃把，迅速的跟在屍體後面抹去血跡，牛退場了。

在最英勇的鬥牛士率領下，全體鬥牛士接受觀眾的起立致敬。人人揮舞身上的白手帕，競技場上白巾飛揚。當鬥牛英雄繞場時，熱情的觀眾紛紛把雨傘、帽子、外套、頭巾，和各式各樣的隨身物品丟進場中。有的女孩把貼身的絲巾也丟了下去。英雄在微笑中拾起來，抹過汗水，脫帽向女孩鞠躬致意後將絲巾丟還。這粗獷十足的答禮，令全場如癡如醉的喝采。

久久不息的鼓掌聲中，金色的餘暉穿過競技場優雅的拱門照在砂地上，和平安詳。不過，傍晚的風像是個搗蛋的小鬼，偏偏去把蓋在血跡上的砂土，一陣又一陣的掀了起來，像是要揭穿什麼秘密似的。

西班牙

響板與玫瑰

很少有樂舞像佛朗明哥，這樣逼近心中的原始、豪邁。

塞維爾大學的酒吧，門面不大，外面是個寬闊的中庭。庭內布置繽紛，學生三兩成群，各個盛裝。今晚開始是「四月春會」的狂歡。佛朗明哥，正為這次慶典掀起序幕。

啪噠噠吉他彈撥的旋律，幾次的反覆，帶出粗獷的男聲高高揚起。沙啞、大膽而桀驁。庭內翩翩對對，隨著音樂來回的起舞。女孩一手高舉、一手斜搭，腳步輕輕的點，像火焰般的燃燒起來。烏黑的披肩薄紗，在飛快的抱攏和揮挑之間，像暴風中翻滾的雪花。纖細的腰帶過一襲褶裙，隨著腳跟跺響，掀起光彩的浪濤。男孩的眼睛是蟄伏的。當吉他甩弦，鈴鼓咚響時，他才作出一次飽足力感的挺胸和揚首，展露陽剛。兩個人如蒼鷹對鬥牛、駿馬對火鶴。雙方都在聆聽，聆聽音樂、聆聽對方的熱情、聆聽剎那中的忘我。

中央的樂團七男七女。三個女的彈吉他、一個拍鈴鼓、一個甩響板。男的兩個打小鼓，一個敲木條，其餘的拍手唱和。當大家跳得盡興時，他們也會放下樂器，跟著下場起舞。

一把吉他，叼朵玫瑰。決鬥般的音樂，伴著卡嗒嗒的鞋跟和響板聲，一聲聲呼喚人們加入。凝然的面貌中，藏不住蔑視一切的放蕩。舞中身影，裹著一股敢愛敢恨的熱力。舞者要在音樂中展開想像，讓自己的風格在俐落的動作裡肆放。

我看得興味十足，點著腳，跟著打節拍。身旁一個女孩看我東方臉孔，有些稀奇，微微笑著。

「覺得如何？」她問。

「棒極了，充滿生命活力，」我很喜歡這個調調的舞，豎了大姆指，指著套在她手上一對烏黑的響板：「我很感興趣。」

「真的？」她笑了，光榮的笑。

「來，我教你。」她居然說。我還沒答腔，她真的拉攏裙褶，開始示範給我看。「這是最簡單的。試試看。」

我學她的步伐，跟得緊緊的，怕丟掉任何拍子。然後是手式、節奏，她耐心的教。學了一段，我聽著噠噠的節奏也能跳起來了。

隨著步入中庭，匯入澎湃的樂聲中與她繞轉起來。月光灑下來，她的笑容分外明亮。等到音樂暫歇，我已汗流浹背。回到吧台，我點了杯酒謝她，也給自己喝采。她告訴我，這個慶典是本地最隆重的節日，會持續整個星期。慶典開始的前一天晚上，全城到處都是像這裡一樣的「葛西達」，一個狂歡舞宴的場所。人們喝酒，跳佛朗明哥，縱情歡樂，持續到黎明。就是今晚。

我張口吞下一大口酒。啊，真是痛快的狂歡！像帖興奮劑在刺激心情，提醒人該唱歌了、該跳跳舞了、該和朋友敘舊了、該談情了，該甩掉生活中的千斤重擔享受人生了！月光多麼明亮、美酒多麼香醇、音樂多麼美妙。何必一年到頭拘拘謹謹的窩在體統裡？生命短暫，人生坎坷的多，歡樂的少。何不偷個閒，把握現在，瘋狂一下呢？來吧！

又乾了一杯，我注意到酒吧裡的侍者。吧台擠滿了跳過舞，熱汗淋漓的人群。只有五位侍者，根本忙不過來，但他們似乎愈忙愈高興。哼著小調，覆誦著客人要的餐點水酒。一手洗杯子，一手壓住咖啡壺的按鈕，順便用一種不可思議的角度，彎了手肘去頂生啤酒的唧嘴。侍者間傳著盤子、找換零錢、推送啤酒、笑謔打鬧。一個胖子不時拉起他寬鬆的褲子、一個瘦子兩手夾了十杯生啤酒送出去。一個高個兒把客人點用餐酒的名稱和價錢，寫在吧桌的玻璃上。另個人匆忙走過時，突然伸出一隻手擦掉字跡……

我不禁感染了他們的輕鬆和愉快。恰好，那胖侍者快步的走過我們面前。「嗨，你們是我所見過最快樂的侍者。」我拿起酒杯喊住他。這個可愛的侍者揚了揚眉毛，退了兩步回來，立刻倒滿了一大杯啤酒，重重的放在我面前說：「謝謝，這杯我請。西班牙是個非常快樂的國家。」我大笑起來，和他乾掉一大杯。

「你們也有狂歡嗎？」女孩坐近了問。

「沒有。」我搖了搖頭。台灣的燈會、燒王船都不是這種狂歡。

中庭裏吉他又撩撥起來，再度一片沸騰。不知是這淡香的酒，還是剛才熱情的舞，讓我暖熱起來。啊！夜空是深藍的、晚風是舒暢的、女孩是迷人的、西班牙是快樂的、啤酒的泡沫裡看出去的世界是醉醺醺的。我笑著看她，眨了眨眼，伸手把吧台花瓶裡的一朵玫瑰抽了出來：「走，再來一次。」

西班牙

消失的文明

一眼望去，窗外全是大景觀。越過丘陵，山脈橫列。穿過山脈，卻是廣闊的高原。大地荒涼，散布的乾燥岩山上零星長著橄欖。岩山風化得厲害，配上空盪盪的景色，使得地表像一幅剛上油彩的粗糙畫布。如果說，法國富厚的平原是個初情的少女，含斂著豐腴的青春。那麼，西班牙這荒漠般的曠野，便似眼眶深沉的老婦，披滿歲月的風霜。

火車開過這片高原，數里不見人煙，只有幾戶人家錯落天際。火車像大河上的江輪，不時的嗚嗚嗚笛。也許是列車長嫌景色無聊單調，特意弄出聲音來增加活潑吧！就這樣火車一路嗚到科多巴。

科多巴是西班牙南部的老城。我特別來這裡參觀一座規模僅次於麥加的清真寺。這寺東西南北，格局方正，長寬大約兩百公尺，圍在一道黃褐色的土牆裡。外貌看來極為樸素，裡頭卻有近千根的大理石柱。石柱間，盡是紅白條紋相間如百步蛇的拱門。拱門一個模樣的展開，像是鏡中有鏡的迷宮。石柱如陣，穿梭其間，彷彿瞬間掉進了一千零一夜的離奇神殿。任何角度，都是一道深深深幾許的長廊。內側的國王禮拜堂，壁龕金碧輝煌，雕有繁複精緻的圖案。特別是圓頂的黃金鑲嵌和拱門窗的綴飾，巧盡雕琢，像一大張織細而密密織縫的氈毯懸貼在天頂。

寺中最特別的還在基督大教堂。

十六世紀基督徒征服此地後，既不破壞，也不遷撤這座回教祭殿。他們因地制宜，借其石柱為樑，建起一個中央禮拜堂，這因而成為世上唯一基督和阿拉同住的地方。兩個禮拜堂一左一右，各自燦爛耀眼，平分清真寺的氣派。這建築上的協調，見證了難能可貴的一段歷史，是歐洲人容忍異文明一次成功的經驗。

旁邊的展示牌上記載：科多巴在九世紀到十三世紀，是歐洲最大的商業及文化中心。當時這裡已是伊斯蘭和拜占庭兩大文明的交會地。在阿拉方索五世的統治下，此地設立了第一所異教徒可以共同就學的學校。他並且宣告：「我的上帝！你能接納基督徒、回教徒及猶大教徒的，只要他們的信仰是朝向神。」由於這三種宗教中智者的努力，十三世紀的西班牙成就出鼎盛的文明高峰。

我看著這個禮拜堂，不禁納悶：科多巴極盛時代的寬容政策，為什麼在短短百年間煙消雲散，而且代之以殘酷的宗教法庭？為什麼沒有延續這種長時間獲得的文化經驗？西班牙是近代歐洲第一個強權，奠定了此後的歷史方向。如果當年西班牙能承繼這段時期對待異民族和異文明的觀點，說不定後來不至於發展出凶狠毒辣的帝國主義。這個西班牙人對世界文明的貢獻究竟是如何中斷的？

文明的中斷，我在荷蘭阿姆斯特丹的歷史博物館中也有一次體驗。館中具陳了他們對以往歷史的觀點；順著展覽室參觀，近代荷蘭的國力一步步登峰。到了第七展覽室，主題板上寫著：「對英失利，喪失海權，荷蘭獨霸的局面及帝國的發展終於結束。」裡頭陳列著當時被新興英國艦隊擊潰的史料。我朝後頭看了看，再無第八展室。外頭只有一艘巨大的帆船模型，像得過獎的勞作，斜斜插了支國旗鎖在玻璃櫃裡。我感到一種走上懸崖終於無路可走的迷惘。這「終於結束」四個字對中國人而言寫來並不輕鬆，但這在荷蘭人心中似乎不難。也許荷蘭後人認為這是很自然的事，十年河東，十年河西，沒有特別救亡圖存、衰而復起的念頭，只想從此安安靜靜做好一個平凡的國家。

「終於結束」也是對科多巴文明的註腳。

清真寺外，厚重的積雲沉甸甸的直壓到高原上的向日葵園。走進這附近狹窄的古老巷道，角落間蜿蜒著一種沉淪的光榮。想著科多巴中斷的文明，這遼闊的高原、偌大的清真寺，忽然讓我感到枯燥而乏味。

法國

秘密花園

午後時分，遊客三兩成群的散步。熱騰騰的沙地上，惹起淺淺的塵埃。四處暖融融的，樹叢和花牆裡隱了幾處假山。熱烈盛開的白花，繞著一尊尊的雕像。那勻稱、沒有鑿痕的臉龐，把生命體瞬間的沉思、痛苦、歡愉，全凝結在青銅和大理石的質地裡。陽光冉冉的從樹梢灑下來，照在黃菊、玫瑰、鬱金香的花苞上，映著半透明的晶瑩。

這是巴黎的凡爾賽花園。

此時遊客坐在阿波羅噴泉的池緣，悠閒中，有些左顧右盼的期待。三點三十分，一柱噴泉在幾次冒湧中，忽然跳了出來，擎天而起。遊客歡呼起來，曼妙的音符同時從天而降，四面響起了海神的樂章。眼前的阿波羅騰駕驅馬，率領著水卒嘩然出水，身上的披巾圓鼓鼓的張開，魁武的身軀在水霧中時隱時現。噴泉的水滴如屏風般左右橫灑，和風吹引，如一張飄飛的蠶紗。奔嘶的駿馬拉得阿波羅微微站起，彷彿就在此刻他要破海上穹蒼。坐在池旁閉上眼睛，覺得全身舒暢散開，每一處都歡喜跳躍。睜開眼睛，悠悠然游過一隻水鴨，在阿波羅前看看這，看看那，跟著旋律點頭。

一襲風來，吹動了花草，吹響了蟬鳴，也吹醒了雕像，彷彿聽得見他們的逗笑、咆哮、驚呼。音樂繚繞在方圓百頃的每個角落，像穿越木麻黃的海風，像翻過山的雲瀑，絲絲縷縷的傳進心底。

噴泉如簾如雨，一會兒又激射如長竿、如焰苗、如迸出地面的竹筍，唧嚕嚕的起泡。柱廊簷下，彷彿掛了一疋光潤的綢緞，錚錚鏦鏦的垂落下來。飄浮的水沫裡連起一道彩虹……。

這真是奇妙的視覺享受：一個水池有一個傳神的雕像、一曲不同的樂章。雕像在水霧和音符的氤氳中，有了飽滿的活力。這些金黃、乳白、漬了點黑的雕像，坐著臥著，成了一個個遊戲的孩童、採葡萄的青年、傾倒的情人。有的則是纏鬥山豬的雄獅、或是躲避毒龍的天使。不論遐想的、還是現實的，都凝潤著生命的質感。水流沿著優美的弧線撫滑，陽光輕灑，雕像的身軀充滿逼真的觸感。

花園裡春風雨露，滋潤了雕像，也滋潤了遊人。水霧像成群的魚苗游過，填滿了空氣中的隙縫。我也像那雕像，同樣感覺到水珠滾在身上的沁涼。置身夢幻般的草地上，遠離心事和煩悶。水、音樂、繁花，讓人的心靈充實、刷新、再度活潑起來。這裡真是一座浪漫的花園。

這樣的花園，除了在凡爾賽，也在巴黎和歐洲無數城市裡。許多小花園沒有名字，卻和凡爾賽有相同氣息。在歐洲，花園是浪漫的一個名字、一個來源。

想像這麼一個地方吧！是個大噴泉廣場，噴泉兩旁的草地上，照例是閒散無事、享受太陽的人群，令人不由得要伸懶腰、打哈欠。四周是體態優美的少女雕像、悉心整理的花卉、碧綠依依的柳蔭。耳裡聽著噴泉落池，眼前看著熱吻的情人、野餐的夫婦、滿園奔跑的小孩。或是看著作畫的藝術者、蹬著腳踏車翹課的學生、推著娃娃車的年輕爸爸。這悠閒浪漫氣息，濃烈的可以用鼻子聞得到、用皮膚感覺出來。

這個廣場在哪裡？法國的尼姆？荷蘭的馬斯垂克？西班牙的托雷多？德國的魏斯巴登？還是波蘭的格但斯克？其實這不重要，重要的是：我喜歡上這樣的浪漫，這是一種幸福。

其實不止花園，歐洲的城市中到處都有可以小憩的角落：可能是林蔭大道、露天咖啡座、教堂廣場，也可能只是一座典雅的小橋、一張不起眼的長板凳，甚至於只是一群啄食麵包屑的鴿子和天鵝。這些角落、這些景象，都能不斷的提醒人：何不休息一下？人如果慢下腳步、放鬆心情，就容易躲開現實的侵擾，回到自然、回到自己。所以巴黎儘管是世界級的大都會，卻非常的柔美、悠閒。這種都市裡特意經營出來的和諧美，讓人活得非常舒適。西方人的浪漫，原來和生活環境有莫大的關係，哪裡是民族血統的遺傳？如果形容歐洲的鄉間是「世外桃源」，那麼他們的都市可以說是一個個全力經營出來的「世內桃源」。他們要把自然的美包容進來，把城市花園化、美術化。

人們常說，法國最浪漫。法國到底哪裡浪漫？在凡爾賽宮，在香榭大道，也在湖邊、廣場、咖啡座旁，更在人們心底。浪漫，隱約從一個點浪起，跟著無邊無際的漫去。放鬆的心，飄溶著不盡的情味、餘韻。浪漫，像流雲中的明月、嵐霧裡的山稜、像一簾飛瀑後的磊石。朦朦朧朧的，又實實在在。浪漫，會轟轟烈烈的震盪感官知覺，也會細膩的貼近內心幽微。浪漫，讓人溫柔多情，也讓人率真自然。

原來，人心中也有花園，一個秘密的小花園：有花有水，有石雕也有音樂，只是可能荒廢已久。我想，珍惜現有，認真面對自己，讓浪漫打開心中久違的秘密花園，那就是一個我們陌生而又熟悉的凡爾賽花園。

荷蘭

暈黃的河畔

對一個從小生長在東方世界的年輕人來說，夜闌人靜裡那個暈黃的河畔，總有一種魔力般的召喚。

阿姆斯特丹是個水都。馬蹄形的運河網沿著河的南岸，一圈一圈的向外擴散。無數的河道和千餘座橋樑，整理得美侖美奐。船家欸乃，到處是清澈的運河。浮晃的水波裡，隨時都是深綠的樹影和蔚藍的天空。然而一日夜霧輕攏，月兒在水中飄動，燈影染成一片暈黃時，這畫境中安詳的小橋流水，就如發情的野貓要開始狂野了。這裡是荷蘭著名的紅燈區。

另一個世界降臨了。酒吧裡擠滿了飲酒喧嘩的人們。重金屬樂團激烈的演唱，每一下的鼓聲，都像要震出所有的靈魂。打擊打擊再打擊、吼叫吼叫再吼叫。台前熱感十足的搖滾，和觀眾的口哨聲同時興奮起來。熱舞、啤酒、汗味，我就是你，你就是我，歡樂像迸裂的水管到處噴灑。

小巷裡有各色女郎，在簡單的小屋內隔著落地窗坐著、躺著、趴著、蹲著，等待一次新的組合。願意的開門進來，拉上窗帘。不願意的儘管回頭，女郎不會出門，也不會有皮條客來拉扯，這是行規和法定的界限。

這誘人的氣息實在太強烈了，所以酒吧和餐廳的櫃檯前直接就擺著保險套賣。連青年旅館裡的海報，也全是提醒性愛安全的警示。凌晨兩點後，並且有門禁管制。除了對色情交易劃定合法範圍外，荷蘭政府對毒品的管制也很寬鬆。這裡買大麻，可以像訂比薩餅一樣，包送到家。

記得剛剛抵達瑞士的時候，機場書報攤上各種男歡女愛的雜誌，教人看得久久不忍離去。後來才發現，這類雜誌原來滿街都是。市區還有若干小電影院，裡面有許多令人盡興的設計，讓人發洩。

法蘭克福的紅燈區也在鬧區，舉目可見，尺度比阿姆斯特丹還鬆。傍晚華燈初上，黑夜喚醒了所有的流浪漢和地頭蛇，在街頭三三兩兩的設下賭局，招攬來往的客人。招牌上霓虹閃耀，文字和圖像一起讓人心旌動搖。霓虹下飄動的幕帷像是巨大的圍牆，隔離一切現實。門檻裡，樓梯一格格通向一個美麗新世界，那裡允許你大膽撕開慾望的封條。

夢幻的廂房如蜂窩，密密的展開。女郎靠在門邊、躺在床上。纖薄的輕衫有色澤、有光芒。輕衫下的胸脯、小腹、熱烈燃燒的肌膚。甬道狹窄、陰暗。紅色的幽光朦朧、虛幻。男人來來去去，沉默、卑微。有意無意的眼睛，一雙又一雙。只有乾涸的聲音，做著數字的溝通。沒有言語，眼睛支配了全身。快要爆裂的力量在體內湧動，一回比一回強大，繃得緊緊的，隨著呼吸就要出來。一種感覺，在身體裡膨脹、顫抖、融化。快樂、傷心、微笑、憤怒，不屬於這個美麗新世界，這裡只有肉體的舒暢和疲乏。茫亂的腳步、原始簡單的喘息。人在這裡的活動很相同、很粗糙、很真實、也很虛幻。

紐約是另一番風貌。幾棟高樓和廣場前面，掛有巨型的看板。看板上矗立的全是青春流露的男女胴體，仰望上去，巨大、挑釁、而且幾乎赤裸裸。街道上每隔一段路，就有一個鐵柵罩在地面，那是地下鐵直通上來的洞口。鐵柵裏不停的湧出白煙，把這條堂堂皇皇的大街弄得有點猥瑣。街旁是神秘的商店，不時有人駐足看著玻璃上貼著的廣告，像考慮菜單一樣的嘸著口水想像、躊躇。

其實店裡並不神秘，只有幾排椅子和一個舞台。舞台上的男女只穿著襪子和鞋子，袒著身體，清清楚楚的，再無一分遮掩。一個肉體、一個動作，在狂亂的音樂節奏中扭動。這些影像像跳水一樣，全跳進觀眾的心坎裡。觀眾如癡如醉，癱軟在座椅上。有征服者的興奮，又有被征服者的渴求，不自覺的喝著可樂。可樂是免費的，進門就送，給人止渴。當音樂變得輕慢，一身熾熱的男女走下舞台，一步一步向人靠近，停在面前。張挺的胸膛、挑逗的弧線，獰厲的像原始圖騰。男的壯碩結實、女的豐腴柔軟。可以拒絕，也可以享有。看的到、聞的到、摸的到。只要把鈔票塞進襪袋，實實在在的肉體就落入懷抱，貼近而蜷曲。手，貪婪的起伏過每一寸沸騰的肌膚。閉起眼睛，一切就是真實。但這種綺夢似的接觸在音樂停止時，表演者便突然像停電一樣的沒了笑容，收拾起舞台上散落的衣褲，頭也不回的離開。

相對於世界上其他區域，歐美紅燈區的開放程度算是數一數二的，即使是在波蘭和捷克，也都有小規模的商店和電影院。這些區域白天都冷冷清清，晚上則夜夜笙歌，別有天地。區裡的商店個個有名堂、有噱頭。不過來往的十有八九是男人，各國都一樣，不容易看到隻身出入的女人。雖然也有作牛郎生意的，卻不如應召女郎普遍，大都僻在一隅，也不大肆宣傳。有些店面乾脆打出「女子入內免費」的號召，來招攬生意。

琳琅滿目的商店，從性愛用品、雜誌、錄影帶、小說、裝飾品，到小電影放映室。或者從陪酒、出遊、脫衣舞、作愛表演、異性交易、同性交易，到特別設計的密室，花樣百出，數不勝數。全區為觀光事業的一個環節，有警方坐鎮，穩定交易秩序。政府提供門面的安全，讓遊客安安心心的去冒險。

雖然，歐洲各國對性的管理都採開放的態度，但其間的尺度差別也相當大。阿姆斯特丹，是歐洲人自己都公認為最解放的伊甸園，次如德國、瑞士，再次如法國、英國，到了西班牙、芬蘭已趨保守。顯然，各國的尺度也依風俗有異，但基本的共通點是：各國都作出一定程度的合法化。這種政策下，為人卸除了某種程度的不誠實和罪惡感。

我們的社會該不該開放？不開放，民眾自有管道。若是開放，又得依哪個尺度，開放到哪個程度才恰當？就書刊、電影及電視等媒體來說，誘引慾望必須不斷的推陳出新，甚至為了追求更高亢的刺激而摻入暴力。這些和現實法律的差距，免不了又成為另外一種心理壓抑。歐洲人大概只是覺得：管得愈多，愈是虛偽，但對開放尺度也拿捏不定，只得讓用品、雜誌、影帶先都合法。至於這些內容所引發的示範效果，會不會衍生新的社會問題，無法管，也管不著。一切只能由整體社會共同承擔，只能隨時代的發展看著辦。

紅燈區裡的秩序也是問題。為防意外，大小餐館及商店的廁所一概上鎖，必須向櫃檯人員索取鑰匙才能使用。至於街上，雖然有警察不時巡邏，但賭博和販毒進入紅燈區的情形很普遍。性，引來的不會只有個人，還會有黑幫，許多地方不只是單純的性交易。警察勢單力薄，只是在人最多的一塊小區域裡來回走動，大有「井水不犯河水」的暗示。來去的人裡，慾望最盛的青年其實不多，中年人和老頭倒如過江之鯽。有的步履輕浮，亂砸著酒瓶。有的當街躺臥，點起火就吸起毒品。有的虎視眈眈，正不斷尋找可能的獵物。有的亮著飢渴的眼睛，彷彿就要和你上床。至於爭執鬥毆的、衣衫襤褸自言自語的，也是隨處可見。除了這類行屍走肉，流浪漢的樣子更是可憎的全無人形。對他們來說，這整個紅燈區究竟是性的解放？還是性的枷鎖？這樣發展下去，會到什麼地步？

回到台灣，一個朋友興緻勃勃的告訴我，台北新開了許多情趣商店，慫恿著一起去看。我們走在天母霓虹閃爍的街上，在高級餐館和名紳仕女的服飾店間，找到了一家小小的情趣商店。隔著馬路，我看著那塊含蓄的招牌，彷彿又看到阿姆斯特丹的河畔，那彎暈黃而不斷蕩漾的河水。

荷蘭

兩幅畫

站在這幅維梅爾的畫作前欣賞。畫中的人物，彷彿處在某個瞬間停止的時刻。一道亮麗的寒光，冉冉的透進來。把女孩、奶壺，所有照到的物品，抹上一種奇異的光彩。

這裡是阿姆斯特丹的國家博物館，收藏了許多荷蘭繪畫黃金時代的作品，從林布蘭、史坦到梵谷。會場布置得莊嚴肅穆，參觀的遊客靜靜的穿梭。我順著廳廊，慢慢的走到一個聚集了許多人的角落。隔著重重背影，我看到牆上懸著一張大畫。底下有三個畫師，或站或蹲的在不同位置。他們拿著畫筆，沾了色料，一筆一筆的描，原來是在修補畫作。原畫已有剝損，他們運用技巧，分了幾個階段來鑲修，全力恢復舊畫的色澤與質感。那戒慎的模樣，直比原畫者還加了三分小心。各處的斑駁痕跡像是陳封的灰塵，被畫筆擦拭下來，顯露著原作初成時的明亮。

像這樣對文物的維護，在歐遊的旅途中屢見不鮮。除了對畫作、雕刻、文獻、器物之外，古蹟也同在保護之列。記得在伯恩，當地人把市內一個約四百年歷史，嵌在教堂門口的壁雕「最後的審判」全拆下來，移進博物館裡。原處則以贗品代替。在盧森堡，沿途許多山崗的堡壘和深立的塹橋，兼具風景與歷史意義。好幾處的牆土已經剝落，當地人就搭起鷹架、啟動雲梯，用新的「舊牆土」敷貼上去。而城牆上較成型的雕刻塑像，也是全數切採下來進了博物館。館中以巨幅的實地照片作背景，原來的舊牆上則裝上複製品。於是一個古蹟，變成兩個。

對於屋宇、街道，他們也全力維護。比起翻修老建築的工程，拆除重建顯然容易許多。比起磚石鋪砌的路面，灑上柏油當然要更適合車輛的通行和平日的修繕。然而，這些技術上的顯然和當然，對歐洲人而言，都無法和老屋與磚石路的情味相比。因為流變的光陰和記憶，濃濃的化在一磚一石裡，融成一種似曾相識的溫暖，讓人流連，安心。這幾乎是一種慎終追遠。

同樣的道理，在不起眼的角落，常會看見一塊牌子告訴你：這房子、這街道有多大年歲。如果一處工地掘出可能的遺跡，建築工人就會換成考古學者。一所老的大學裡，宿舍裡的一張床、一張桌；餐廳裡的一個擺設、一個簷角；花園裡的一株老榕，一個迴廊，都可能有上百年的傳統，足以讓人們津津樂道。

這林林總總，歐洲人寧可多花心思去珍惜，也不希望因為疏忽而造成不可挽回的破壞。流風所及，使得歐洲大小城市莫不可觀。因為每個村鎮都費盡思量，去發掘並維護昔日的點滴，努力讓現在的風貌和過去有連貫，以減輕呑沒過去的現代化浪潮。一個地方除了舊時的尾舍街道外，如果還有教堂城堡，便生色不少。若是再有十七、八世紀的宮殿或名畫，甚至是羅馬時代的拱門、渠道或競技場，就更是份量十足。正因為這樣刻意的保護，使得歐洲愈大的城市愈是古意盎然。愈在城中心，愈是街道狹窄。讓四方異國人士，都因為這些文物，不由自主的敬重起歐洲的歷史。

相對於歐洲看待文物的態度，有更長遠歷史的中國大陸卻大大不如。文革十年對文物的摧毀世所周知，但遺害最大的是讓人忽視文物。許多旅經的名山古剎，縱然在劫後力復部分舊觀，然而不同於著名的歐洲教堂或日本神社的現象是：參觀的遊客成了主體，廟裡的師父反倒成了陪襯。入寺、禮佛、登塔、用齋、照相都要個別收費。禮佛如看戲，住持如上班，大大的減損了敬穆和清淨。文物的價值，只是依托了觀光才存在。文物無文，不過是個俗物。廟中之文，乃是佛、法、僧。一旦失卻，雖然有響徹宇內的勝名，和尋常市集上走江湖的雜耍也沒什麼差別。

因為文物的價值在觀光，就衍生許多荒唐。

蘇州的寒山寺，自從唐朝「楓橋夜泊」一詩，鐘聲傳響千古。那次我旅經時，寺裡就售有「撞鐘票」來滿足遊客的好奇心。購票者可以登上鐘樓敲擊這口古鐘，內賓三元、港台外賓也只要五元。佇立在寺外拱橋上，鐘聲叮叮咚咚突兀的響，再也沒有月夜對愁的空靈，倒像老鐘嗚咽的悲鳴。

武漢黃鶴樓頂層，不知道為什麼擺了一尊小小的許願塔。觀光客在五步之外，像夜市裡玩套套圈一樣的擲錢許願。老大娘則拿著隻掃把，在塔旁掃起灑落滿地的銅板。

西安碑林藏有歷朝字畫的石刻，但管理人員卻把收存的碑石輪流搬出來，像更換展覽文物般的放在地上出租拓印。街坊人家將拓得的字畫擺出來叫賣，一張五元、十元不等。當地民眾納悶著：為什麼觀光客這麼喜歡拓品，又這麼有錢？不過也好，大家也樂得作份小買賣。這些被租用的石碑，大多是宋明遺物，鐫刻著文人和工匠的心血。若在歐美，早已供進博物館奉為鎮國之寶，照顧唯恐不及。但在已有數千年文化基礎的西安，只因求財若渴，可以這般糟蹋。這些文物不僅是中國的財產，也是人類文明遞衍的光榮。若非親眼目睹，很難去想像一個曾有高度文化水準的國度，可以在數十年的封閉中落魄到這般地步。

歐洲人對待文物是一種博物館的眼光，就像對待我眼前的這幅畫作一樣：認定它的地位、維護它的生命、闡述它的價值。這樣的眼光，使他們一方面會依照人物、典章、考古，或是地理、生物、科學等部門來設立各色各樣的博物館。另一方面，也會貫注到古蹟、都市規劃、生態保護等等的公共政策中。文物本身，釋放出一種知識傳遞與教育的力量，活生生的，是在生活中的。藉著文物，人文就能自然而然的蔚起。

阿姆斯特丹就是這樣一個滿載博物館的城市。

以荷蘭區區之地，除了阿姆斯特丹外，海牙和鹿特丹都有成色很好的博物館。撇開這些大城不談，前幾天旅經北荷低地一處乳酪城：艾克瑪，村中也設有很值得觀賞的地方博物館。館內收藏了幾幅畫，大概是小村裡最好的作品。另外也以大量的軍事畫作描述西班牙和荷蘭爭戰時，村子所扮演的各種角色。這真是個麻雀雖小、五臟俱全的小小博物館。大城的博物館中，可以看到荷蘭盛大的國勢及傑出的畫派作品，而這小角落，得以看見西荷爭霸的時代剪影，以及當時一般性的油畫成就。大城博物館呈現其廣大，而小村博物館補綴其精微。在歐洲，稍具規模的村鎮都有博物館，都有收藏，一點一滴留下先人的步跡。這些館藏在大城市不易見到，也不好歸入大博物館中，但它們以濃郁的地方風味見稱。阿姆斯特丹的收藏恢宏，艾克瑪的收藏小巧。合此兩類博物館，便清晰可見荷蘭一地的風物人文。

看過幾個展覽室，我走回大廳。廳中遍立著通天大柱，根根引人仰瞻。每根柱子上都有雕刻，每面牆上都有畫作。看著這些畫作，我不由得想起旅經大陸屯溪，參觀黃山市博物館時的景象。

那是一間簡陋到不能再簡陋的小屋。窗子開著，屋內約有七、八排相隔的夾板，上頭懸著一幅幅的字畫。我和看門的師傅站在鐵柵門後。從欄杆間望去，斜照進來的陽光，就全曬在那些字畫上。

「隆」的一聲，那師傅拉開柵門，自顧自的坐到一旁的小木桌旁：「快些看啊！」我進去看，卻看得又喜又驚。喜的是這都是好收藏，大半是清初和中葉的作品，還有許多名人手跡。驚的是怎麼就這樣掛著呢？

「為什麼不搞些玻璃櫥櫃什麼的來裝？」我走出來，惋惜的說：「在屋裡風吹日曬的，那禁得住！這些字畫都是上品。」

「哪有錢啊？」師傅拉上柵門說：「能找到這些東西湊成博物館，已經很不容易啦！要不是上頭認為我們這裡以前文風鼎盛，應該設個像樣的博物館，大夥兒還沒功夫找呢！這些嘛，是文革後剩的。宣傳了好久，才有膽子大的人敢拿出這些舊東西。花了好大一筆錢才買來的。」

離開柵門前，一股風狠狠的從窗外吹了進去，幾幅卷軸給風撈了起來，拍了幾下，才又跌回夾板。

比起那些字畫，收藏在這博物館裡的作品真是幸運多了。我算了算，黃山市那些字畫比眼前牆面上的畫作稍早，比維梅爾、林布蘭的作品稍晚，說起來也是同一個時代的。常聽人家說「人各有命」。我想：畫也各有命啊。

比利時

古戰場

一百五十年前，拿破崙在這裡走入永遠的沉默。

現在，我站在滑鐵盧的一個小山崗上，當年威靈頓就在這崗上指揮部隊，迎戰拿破崙的復出。山崗是這一帶平野唯一的高處，南下有牧草田和灰色的旱田錯雜，彎曲的田埂分道揚鑣。三月的春天像一支騎兵，綠色是前鋒，從四面八方悄悄的圍攏了山崗。崗上立有指示牌，標註了當時兩軍對峙的兵力分布。幾條穿插的攻擊防禦線，顯示戰事發起時兩軍交鋒的軌跡。這個戰場現在是很寧靜的小鎮，傍晚時分更是杳無人煙，很難想像烽火中的慘酷。北風挾著雨絲四處吹拂，這片平野綿延接天，暮靄中格外孤寂。

這犧牲了五萬條人命的戰役是歐史重大的轉捩點。當時參戰的國家都在山崗南側設塚立碑，崗頂有隻銅獅鎮守，附近也設有一處「拿破崙博物館」。有趣的是：由於比利時是同兼英系與法系兩個種族的國家，滑鐵盧又地處英系區，因此鎮上還有「威靈頓博物館」互別苗頭。兩位將軍生前對陣，死後繼續有後人為他們樹旗吶喊。

拿破崙在法國是轟轟烈烈的第一等人物。

在巴黎，我參觀了凱旋門和拿破崙之墓。凱旋門上記載了從法國大革命到第一帝國間所有勝利的戰蹟，巍巍然矗立在塞納河西，橫鎖香榭大道，十二條筆直的馬路從此放射出去。門面浮雕上火騰騰的戰鬥殺機，在賁張的肌肉和積恨的吶喊中竄噬，彷彿永遠激昂的馬賽曲。門的頂層上，可以俯瞰香榭大道和整個西半部城區。當年拿破崙對他的部屬說「你們應當從凱旋門下回家」，這真是法國史上榮耀的一刻。看這門的氣派規模，這位年輕將軍心中的得意，想必和項羽堅持要衣錦還鄉的心情相同。拿破崙給了法國在紛亂後一次勝利與榮耀，法國人也回報給他絕對正面的評價。

至於拿破崙之墓，外邊的庭園堂堂皇皇兩百米見方，墓在傷兵之家中。這墓備極尊榮，根據記載，當年他的遺體是裝在七層獨立的石棺中運回來的。外層是紅色的大理石，載運的馬車上裝飾著老鷹、金蜜蜂、十四尊勝利女神、以及一萬多公斤的象徵性金棺。迎回遺體後，法國人再將原本的皇家教堂由中間對半分開，一半撥給拿破崙。

棺木放在教堂的深窖中，地面上有光芒圖案的鑲石，琉璃的光從巨大的圓頂上匯聚下來。棺旁護衛著十四尊女神，女神後方的石壁上各有歌功頌德的浮雕。拿破崙立戰功、定法典、廣教育，在法國人心中的地位已然不朽，甚至於代表上帝的教堂也可以騰讓。他實與上帝同在、與上帝同享尊榮。

這種英雄的地位在中國歷史上頗不易尋，歷朝開國皇帝、輔臣元勳、亂世豪傑中，立德立功如拿破崙者不知凡幾，但是儘管他們威顯一時，勝負功過權在史家評斷，很少有這種五體投地式的崇拜。而拿破崙則如一顆皎潔明星，孤絕閃耀於法國歷史之上，和貞德齊名。推想法國為何如此崇敬他呢？也許是因為法國沒出過什麼大皇帝，特別是兼具政治與軍事長才的人物，而中國各領風騷的英雄多了，史家論斷的標準也不同。

其次。在歐洲各地，像滑鐵盧這樣有關拿破崙的博物館中，大半真如「博」與「物」兩字字面上的定義：收集了所有相關的物件。這裡可以看到西方人立博物館的設計和對待史事的觀點。如果拿赤壁之戰來對照，依這種設計概念，在赤壁所在的湖北黃州，就必須分立「曹操博物館」、「劉備博物館」，當然還要有「孫權博物館」。然後分別蒐集戰史文獻、器械、徽章、照片、旗幟，或是搬來某處遺跡中的石垣，才能供人憑弔。但從中國人的觀點來說，這樣實在不足以說明赤壁史實。至少就蜀漢而言，孔明必得建館。但孔明成就功業，又有許多人物穿繫其中，缺一不可。只有孔明一人，並不能一戰鼎立。孫吳和曹魏也是一樣。因此，單獨替曹操、劉備、孫權三個人建館固然古怪，增建孔明和周瑜的博物館也是搔不著癢處。如果再把當時的豪傑全建了博物館，恐怕黃州也容納不下。

事實上，中國最接近博物館的文教場所是廟祠。不過，拜訪廟祠是去欣賞一位歷史人物的為人，嚮往他的風範。這和當初誰勝誰負，戰具遺跡沒有關係。也就是說，廟祠中的憑弔素材並沒有博物的必要，物博未必能看到人物的風範。或許可以說廟祠是一種「博文館」。但「博」字還是有毛病：為人風範可以是在一言一行一念，何必博？

想想還是覺得廟祠較能傳達前人的精神和後人的仰慕。對古今中外的人物：讀他們的作品，看他們的遺物，這算是「知之」。思考他們的言辭，瞭解他們的心意，這算是「好之」。贊同他們的品行，希望學習，這算是「樂之」。參觀博物館可以知之，憑弔廟祠讓人樂之。知之、樂之顯然不同。

登上岳陽樓，想到范仲淹這個人。行至陋巷，想到顏回這個人。造訪隆中，想到孔明這個人。徘徊赤壁，想到蘇軾這個人。既然懷想，就立廟建祠來崇仰，明白彰顯他們的人格志向，也陳述自己的欽佩和期許。而在滑鐵盧，遊客並不能藉由博物館，明瞭拿破崙對歐洲和人類歷史的功績與德業，也看不出拿破崙的用心和懷抱，更沒有後人對他的感懷。例如，貝多芬在他建制稱帝後，撕毀原先想獻給他的英雄交響曲。這是貝多芬對拿破崙人格志向的意見，也是貝多芬自己人格志向的堅持，不應該被忽略在拿破崙之外。沒有後人，拿破崙只不過是一個百年前的戰場英雄，早已乾枯過去。至於為何是英雄？似乎只是因為他建立了燦爛的帝國。這一點，大概就是博物館和廟祠最不同的立義所在。這樣看來，法國人心中的光榮和感動，究竟是拿破崙的人格？還是那個短暫的法蘭西帝國？

從山崗下來，腦中思索的這段歷史，如同走下石階時的視野，一點一點的從遠方收回來。崗下草長，這片平原上的爭戰故事，再次淹沒到隨風搖曳的牧草中。

德國

菩提樹下之路

布蘭登堡門，是柏林「菩提樹下之路」的起點。

六道屏柱扛起門楣一樣的平台，平台上勝利女神駕駟馬，舉權杖，神采飛揚的面東而奔。屏柱高二十尺，宛如功勳碑石，頁頁駢立，橫向排開六十餘尺。這門巍巍然聳立在過去東西柏林西邊的國界線上，代表了日耳曼光榮的歷史。

門西側是片廣闊的草坪，有幾群年輕人正躺著曬太陽、踢足球。幾對老夫婦扶杖散步，還有些家庭就地野餐。我一步步輕輕的走，不時回頭瞻望布蘭登堡門的雄偉。德國統一前夕，人民齊聚在此歡欣慶祝。那是個感人的場面：當子夜來臨，全城鐘聲齊鳴，國歌奏起。由東、西德十四位青年迎接國旗，由門下昂然走來，在貝多芬第九交響曲中，慶祝著分裂四十年後的團圓。從此，德國人的子孫不必再思索統一或分裂的問題。這個以香檳和煙火來做句點的結果，是德國人在戰後承認錯誤，並且從平實的統一呼籲中奠定的。我不禁想起昨天看到的那幢破教堂……。

才出車站，一個如半截破水管的古怪建築物，立刻搶入眼簾。湊近去看，原來是幢教堂。教堂已半毀，圓頂被剝空，成了一輪天井，只餘薄薄的斷面勉強屏護。外壁上坑坑洞洞，像被漫天的蝗蟲蛀蝕過。裡頭空蕩蕩一個風穴，抬頭仰望，宛如一具鏤空五臟的軀殼標本。旁邊矗立一幢新大廈，嶄新亮麗，摩天而起，略低於這個教堂。頂樓豎了一杜金色的十字架和地球模型。這一新一舊，一燦一敗，對映的鮮明而刺眼。旁邊還有一幢新教堂，約破教堂三分之一高，裡面八堵邊牆全數嵌著深藍色調的玻璃。陽光透照進來，篩成一種靛青色的緩慢射線，染得到處是沉重而躲不掉的憂鬱氣氛，祭台上基督的模樣也不是常見的悲苦造型，而是嚴肅凝重的沉思。我看得納悶，走回破教堂底層的陳列室，才知道這是威廉皇帝紀念教堂。

教堂毀於二次大戰。戰後為哀悼戰爭慘酷，祈禱永久的和平，德國政府決定永不修復，保留傾圮敗象，藉以自惕；並在一旁另建兩幢新教堂來代替，其設計同樣繼承對戰禍的反省。走出教堂，再看這幢破教堂，裡面中空，外面披滿瘡洞，正得「空洞」兩字形容。

我十分感動，這值得為他們題上「亢龍有悔」作為楹聯。德國在戰後把所有毀於戰火的建築，按文獻圖片一磚一瓦、一樑一雕，不計代價的復原，如今多已回復舊觀。獨獨卻在全國眼目所在的首都，最繁榮的市中心，保留一座唐突的教堂。他們樹立這樣一個教訓在最醒目之處，也等於是樹立在心中最坦蕩的地方。這不單是臥薪嘗膽的復員號召，更重要的是從本世紀發動兩次大戰的血淋淋殷鑑中，提煉出一個新民族精神與智慧的宣告。

這個宣告就是從知進知存中，知退知亡。近代帝國主義國家總在富極盛極時，膨脹自我慾望，強加己所不欲之事在別人的家邦，最後引來戰禍，玉石俱焚。從早期的西班牙、荷蘭，到晚期的英、法、德、義都是如此。這也奠定了今天國際政治上以掠奪為根本邏輯的「理性」思考模式，無法形成一個更道德性的共同理想來作約束。政治，於是成了人事中最高的狡猾，以私利為依歸。

德國保有的這幢破教堂則不然。教堂的空洞，足以拓開德國民族心靈的空間，常持敬慎。心存敬慎，隨時警惕過去的錯誤。這種意態落實到國際政治中，也許就是未來國際政治新傳統的一個端倪、一線曙光。這破教堂和兩百年前菲希特的「告德意志國民書」，可謂前後輝映，並照德史，同為深刻的自我反省。比起英法對二次大戰仍以受害者自居的態度，或是比起日本至今仍然不肯承認其歷史過錯的行徑，德國人展現了超前的智慧。而其今日的統一，更值得敬重。

穿過布蘭登堡門下的屏柱，沿著菩提樹下之路走去。這是一條優雅的林蔭大道，路同其名，和著濃濃的詩意。樹蔭間掩著稀疏的光影，把街景襯得分外柔和。這裡是東柏林故地，也是分裂前柏林的中心區域。兩旁的古典建築，外觀上有些斑駁，還罩著前東德經濟的陰影。但建築群的恢宏格局，顯著一種曾經人文薈萃的消息。

經過腓特烈街，順道參觀查理檢查站。這是過去管制非德國藉人士進出東、西柏林的哨口，位於國界南線上，目前改闢為柏林圍牆博物館。

館中大廳展出這堵圍牆的史略：從俄國士兵一磚一磚的砌築，到積鬱的民眾一錘一錘的敲毀。其間有英、法、美、蘇的緊張對峙，有柏林軍民因圍牆堵起而爆發的衝突，有東柏林人以飛行翼、地道、熱氣球等方法冒死橫渡的故事。小小博物館，見證了一段人間的悲劇。

身旁一位父親牽著十來歲的小孩。他伸手指著一幅幅歷史圖片，耐心的告訴小孩每幅圖片的故事。那小孩聽得似懂非懂，透著閃爍而迷惑的眼神。

我聽到小孩突然問：「那他們怎麼不爬過去？」

「牆很高啊！」父親的聲音。

「從旁邊啊！」小孩像是想出了辦法，語氣帶著興奮。孩子大概把柏林圍牆，想像成學校的籬牆，可以爬、也可以繞。

我轉頭看這個孩子，聰明伶俐的模樣。那父親不知是給孩子的天真問住，還是不願多提成人世界的荒謬事，笑了笑，沒有答話，又帶著他向前去。

我想這個孩子，乃至於德國人後代的子孫，將永遠參不透一個城市裡如何可能會有一堵過不去的圍牆。他們也不會理解，怎麼二十世紀這四個頂尖的國家湊在一起，卻是想出了這等蓋圍牆的主意。大時代的變化推移，常常就像這樣。前人視為合理的事，轉眼就成了後人嘴裡莫名的荒唐。如同冷戰時期當紅的星戰計劃，如今已是難以理解的戰略糟粕。

除了柏林圍牆外，另有許多廳堂，各設主題，如甘地、華勒沙等不流血革命的事蹟展。最讓我震撼的還是布拉格之春的紀錄片：紅軍以坦克突入布拉格，人群驚慌逃避。坦克衝破路障，軋過民眾，在石板路上軋出兩條履帶血痕。逃得性命的民眾揮拳辱罵，拿著火把丟擲。更有幾個青年撕開衣襟，把前胸頂在坦克前自願殉死。二十年後，隨著柏林圍牆的拆除，捷克宣告共產黨為非法組織，並放棄共產主義。數十萬人，齊聚在布拉格那個曾經布滿坦克的溫塞斯拉斯廣場上狂歡慶賀。看捷克人站在廣場前堅定的揮舞大旗，當年的青年已逾中年，新一代青年又已長成。撫今追昔，災難終是過了。只是，一個國家為什麼要走這樣曲折的路呢？

還有一張突兀的文獻照片：德國統一前，東、西柏林的市民竟日站在布蘭登堡門前，呆呆的望著牆的那一邊。沒有示威，沒有騷動。在場的憲警也不知所措的站成一圈，尷尬的聊天。這鬆弛的警民對峙，正是人類面對自己所造成的悲慘世界的迷惘。

博物館外是個路口，懸掛了許多照片給遊客作今昔對照。當年檢查站兩端的中界地帶，如今成為空曠的停車場。現在人車自由通行的腓特烈街，當年是英法美聯軍坦克和紅軍坦克砲口互瞄的禁地。一塊大大的告示牌上，以英、法、俄三種文字寫著「您正離開美國區」的邊境警告。這塊告示，過去就立在檢查站外頭。我抬頭看了許久，牌子上鮮明的字體，依然有些懾人，這使我記起波蘭阿虛維茲集中營入口的牌子。那是一塊用鐵絲網焊成的門楣，殺氣騰騰的，上頭黑森森的一排德文「工作就有自由」。說起來，當年這道鐵網對猶太人百般凌辱的氣燄，戰後就還魂在這邊境警告上，冷冷的嘲笑日耳曼人。真是天道好還，報應不爽。

回到菩提樹下之路，經過喜歌劇院，街景愈來愈美。尤其接近施普雷河一帶，環繞著燦爛無比的建築群。我一步步的走近，所有的壯麗輝煌如同一陣急雷，隆隆的落到眼前。從國家圖書館、洪波特大學、舊皇宮、國家歌劇院、哈德威斯教堂、歷史博物館，然後一道拱橋，帶起菩提樹下之路，落進施普雷河兩股分流間的沙洲島上。這一片薄薄的水渚地，負載了五個大型博物館，收藏了希臘羅馬、西亞近東的遠古文物、文藝復興時期的油畫雕刻、一直到當代的美術畫作。

這短短的路途，以建築和博物館顯現了政治、宗教、教育、藝術、歷史種種面向的文明活動，像是一處文明的寶山，俯拾盡是智慧的珍品。柏林不愧為一國首都，雄偉磅礴，泱泱而有大國的氣度。日耳曼民族代代人物智慧的積蘊，使這裡到處是看不盡的輝煌文明，化不開的歷史風味。

拱橋的南邊是馬克斯恩格斯廣場，如今已經改換了名稱。在東德、東歐、蘇聯，許多原先是以馬克斯、恩格斯、列寧、史達林命名的地方，幾乎都在民眾的餘憤中回復舊名，這個廣場也一樣。我走了進去，映入眼簾的竟然是個兒童樂園。適逢週日，小孩到處嬉鬧，洋溢著歡騰的笑聲。我有些時光倒錯的感覺，也買了張票坐到一個旋轉台上。機器啟動，嘎嘎嘎的緩緩升浮。世界倏地旋轉，眼前的景緻全顛倒了過來，不再清晰。啊！時代的天旋地轉，不也像在馬克思恩格斯廣場上玩旋轉台，一樣的出乎意料？

橋北是一處花園，最早是供給王宮貴族遊樂散步的場所。後來希特勒在此演講，號召群眾，動員出整個民族雪恥的義憤。他矢言撕毀凡爾賽和約，重建德意志國威。事隔一甲子來憑弔這個演講處，當年的梟雄和德國人胸中的怨氣，早已消散。只餘花園中枯黃的落葉，像是不知道這段災難的歷史，不停歇的與風打轉。

回到拱橋，橋頭橋身的支柱上列有許多優美的雕像，體態勻稱。眼若有神，身若有情。遠觀、仰望，莫不一一成美。他們立在澄綠的河上，和附近宏偉的建築群遙相呼應，成為菩提樹下之路一個讓人流連的終點。

柏林因為希特勒，籠罩了獨裁的仇恨和暴力。因為冷戰，砌起了強權對峙的圍牆，也因人類面臨兩大制度的彷徨而一分為二。如今，又因為破教堂這種反省的心念，有了布蘭登堡門前的統一和嶄新的歷史道路。但願德國人對戰爭肇因的反省，以及他們為分裂、統一而付出的心力和思考，能為其他強權國家所鑑戒，形成更具理想性的國際政治共識。這或許能在下一個世紀的人類歷史發展中，逐漸開拓出一條種滿菩提樹的寬闊大道。

德國

最後的圍牆

黃昏時走進波茲坦廣場。這是目前還保留著圍牆的地方，我非常好奇，很想看看這堵世紀的圍牆。

廣場位於過去柏林圍牆由南北向變成東西向的轉折點，曾經是柏林一個繁忙的市區中心。後來為了興建圍牆，和開闢格殺勿論的區域，拆除了所有鄰近的房舍。如今圍牆拆了，但市政府的財政又無力重建，便成為偌大的一片空地，像個老是做錯事被罰站的孩子，委屈的荒廢在一旁。我搖了搖頭，實在很難想像當年車水馬龍的風光。不過，倒是有腦筋動得快的商人，把這裡租用為高空彈跳的運動場。

我近前細看，真的是「柏林圍牆」。圍牆被切割成一堵堵的石塊，集中到這裡存放。石塊高約四米，寬約兩米。石塊的壁面上，一面色彩紛雜的全是塗鴨，一面保持著水泥原色。數百堵的石塊，有的並排、有的堆疊、有的斜倚、有的翻倒。完整的、斷裂的、七橫八豎的全棄在這個廣場上。碎石屑四處散落，隨風飛舞。聽說這裡準備建成柏林圍牆的紀念公園，不過現在只像個墓碑凌亂的墳場。

附近有幾個人站在這些石塊前，拿著榔頭和鋼釘猛打，敲卸成一塊塊大小不等的石片。幾個小孩在旁邊傾圮的石堆上蹦蹦跳跳的玩耍，不時跑過去幫忙撿起敲落的小石片，放進塑膠袋中。一旁有幾塊翻倒的石塊，在沒有塗鴨的那一面壁上，漆寫了「正宗柏林圍牆，一塊一馬克」的大字，原來這裡就是柏林圍牆石頭的產地，價格比街上賣的要便宜。圍牆倒塌之後，賣紀念石頭成了新的一行，許多東歐來的難民都以此為業。

這冰冷的混凝土，曾經是柏林的代名詞，劃分了兩個世界。攔斷了愛，聚攏了恨。如今垮了，失去了政治上的意義，卻意外有了經濟上的價值。那個敲石頭的人戴著小帽、口罩和手套，對著圍牆一下一下的釘鎚，像個正在肢解豬隻的屠夫。外層有色彩的塗鴨首先剝落，露出灰色粗糙的內裡。火星和粉塵繼續飛濺，最後裸露的是一根根鋼筋。那人熟練的敲，很快的就鑿出了一個大窟窿。圍牆就像一個前胸被機關槍轟爛的死囚，再無生息的僵著。而打下來的石頭馬上進了精美的袋子，等著出售。

我走到另一側，找了塊斷裂在地上的，也想鑿一片回去作紀念。可是身旁沒有工具，我順手撿了塊石頭來敲。圍牆的壁面很是堅硬，手上的石頭都粉碎了，圍牆卻絲毫不損。我又試了幾次，還是沒用，反倒震得手腕隱隱作痛。

「想帶一塊回去作紀念？」

我回過頭，一個男子不知道什麼時候站在我後面，推著娃娃車對我笑著。

「是啊，柏林圍牆呢！」我站了起來。

「你怎麼找到這裡的？」

「跟路人打聽的，」我說：「你是柏林人嗎？」

「應該算是吧，我以前是美國駐軍，退伍後就在這裡結婚定居，十多年了。」他看起來不到四十歲，濃眉，挺拔：「你呢？」

「台灣。」

我們聊了起來，從圍牆談到兩德統一。

「一直到統一後，德國人才相信真的統一了，就像早先東德宣布開放邊界一樣，沒有人敢期待。」他低頭一前一後的推著娃娃車，笑了起來：「小孩在圍牆倒塌後出生，和圍牆一樣，出乎我們意料。」他太太在銀行工作，而他失業，索性就在家裡帶孩子。

我低頭逗了小孩，他的小手小腳高興的向我揮舞，可愛的小生命。

這個美國人很清楚台灣和大陸的關係，問起德國統一對海峽兩岸的影響。

「柏林圍牆倒塌的時候，我正好在台灣的前線服役，戍守著另一種牆：台灣海峽，海水砌成的牆。那時候兩邊剛開始接觸，政治上對立的關係舒緩下來，但前線的軍事關係卻變得緊張，常有大陸漁船成批的靠近海域，偶而也有戰鬥機在前線的領空上飛掠，」我想起金門當時幾次的驅離射擊，和全島的防護射擊：「我想，德國統一對台灣最大的影響，就是人們開始會去想未來兩岸可能的關係。」

「統一？獨立？」

「我不知道，不過和平永遠會是最好的答案。」我說。

「也許你們的發展，也會像柏林圍牆一樣的突然。當年一夜之間建起來，二十八年後，又在一夜之間傾倒。」

「那不可能，」我變了聲調，學了段台灣常聽到的當權者論調：「我們的改革是和平漸進的。」

「那也好，」他聽不出我語氣中的諷刺，信以為真。「這道圍牆下躺了七十四條生命，」他悠悠的歎了口氣：「你知道嗎？最後一個被射殺在牆腳下的人，是個二十歲的青年，距離圍牆拆除只有九個月。他要是事先知道，大概就會再忍耐這最後的九個月吧！」

我沒有答話。這能說什麼呢？

「你也幹過軍人，你想這個值勤的士兵，如果事先也知道圍牆在九個月後會消失，他還會不會扣下板機，射殺那個和他一樣年紀的青年？」我問他。

他搖搖頭，沒講話。不知道他是說不會、不知道，還是無可奈何？

「來，我來幫你。」他指了一下旁邊的一塊大石頭。我們合力抬起。搬到我原來看好的石塊上，數了三下一齊撒手，大石塊狠狠的砸落下去，成功了。

我撿了一塊手掌大、帶著塗鴨圖案的石片放進腰包裡，然後和他一起坐著看夕陽，紅澄澄的色彩讓人感到暖和。

一個小女孩突然從眼前跑來，伸出手在我面前。她手上有個小塑膠袋，袋子裡是塊石頭。女孩有點靦腆的說：「先生，你要不要買石頭。柏林圍牆哦，一個一馬克。」她戴著頭巾，臉像手一樣有些髒污，頷著頭，大概也是東歐來的。我打開腰包，取出方才選的石頭給她看：「你看，我已經有了。」

小女孩看著我的石頭，我原以為她會失望的走開，結果她竟然開心的歡呼：「你的石頭比我的漂亮。」

不知怎的，我突然覺得一股難過湧上心頭。就這一刻，我改了念頭。我微笑著指著她手裡的石頭說：「妳的也很好看，我想買兩個。」

女孩很高興，又從腰際的小布袋裡拿出另一個石頭，一起遞給我：「謝謝，我幫你蓋章。」她拿出一個章子和印泥，輕輕在石頭上蓋了章，上面印了「正宗柏林圍牆」。小女孩又蹦又跳的走開。

「這個給你。」我送了一塊給那個美國人，他淺淺的笑著接過去。

遠處響起一陣驚呼聲，順著聲音看去，是一個高空彈跳者剛剛從天上跳下來。那彈跳的升降器是一台工程用的起重機，機臂像高射炮一樣的伸向天空，下頭的滑輪吊掛了一個鐵籃子，人就是從那裡跳下來的。下墜的力量給繩子扯住，又彈了回去，那人就在這堆石頭的上空，上下左右的抖。

我緊握著這塊一馬克的石頭，怔了許久。我退後一步，把手背到身後，然後用力把這塊石頭丟進開始陰暗的天空裏。

這個波茲坦廣場上存放的，該是最後的圍牆吧！

天邊一顆星星亮起，柏林的夜來臨了。

德國

理想國

今天的夜清清涼涼，迎來的風像一彎潔淨的溪水流過，沒有一點塵埃。腳踏車的車燈線連接輪胎，是靠摩擦發電的。我踩的慢，燈光也跟著黯淡。微微弱弱的追逐著車前的黑暗，兩邊的樹影顯得更加高聳巨大，我愛極了這段路。

奧登堡是德國北部的小城，在不來梅附近。兩個月前我旅遊經過，恰好有語言學校開課，又有台灣的朋友在這裡，決定留下來學德文，這也是自己出國前的承諾。託朋友幫忙，我就住在林蔭道那頭的牧場旁邊，每天騎車上學。

這段路很平凡，它只是保有了自然中生長的氣息。有時候騎車過去，落花的風，把一陣柳絮吹到頭髮上，像下雪一樣。有時候，又會偶然被掉落的果子打到，打出一整天的歡喜。有時候我捨不得騎，牽著車子慢慢地散步，心裡不免羨慕地想：當這個國家的國民真好命，享有這麼多的自然。兩個月過去，今晚是最後一次騎了，明天就要離開這裡，心裡頭有一種像是鄉愁的感覺。路上厚厚的堆著落葉，每踩一步，腳下就發出沙拉沙拉的葉子聲，非常清脆響亮。到了林蔭道的盡頭，一個身影站在這一帶唯一點著燈的酒館前，是麥西爾；我遲到了。

麥西爾是德國人，在大學的餐廳裡認識的。這陣子中午我都在那裡吃飯，他也常去，談了幾次話，頗為投契。他電機系剛畢業，想繼續深造，正在申請學校，很豪爽的人。

「行李都弄好了吧。」他知道我明天要走，熱心的要開車幫我把腳踏車還給鄰近的一位老伯伯。腳踏車是我剛來的時候，台灣的朋友幫我借的。還了腳踏車後，他再送我到火車站。

「嗯。」我點點頭，很謝謝他。

「走，今天該喝幾杯給你餞行。」我們走進酒館。

酒館不大，也不吵，我很喜歡。屋子裡幾張木頭桌椅，三三兩兩的客人，每張桌上都點著蠟燭，很有情調。我們坐在吧台前，點了兩杯啤酒。啤酒剛從唧筒出來，淡黃而透明。白白的氣泡覆在最上面，一點一點的冒著氣消失。他說坐著就可以聞到酒香的，才是好啤酒。

「最近工作還好嗎？」我先喝了一口酒。

「喔，不好，以前從來沒有這樣日夜顛倒的工作，很累。」他晚上在一家餐館打工：「不過沒辦法，不快賺點錢，女朋友來就沒錢去旅行了。」他興奮的說：「她下個月就來了。」他的女朋友是韓國人，在西班牙旅行的時候碰到的。

「怎麼樣，我們東方的女孩不錯吧！」我打趣的說：「不過她的德文一定比我好多了，我的德文還不夠我談戀愛。」

麥西爾笑起來：「那裡，她不會講半句德文，我們是用英文溝通的。她四歲的時候就全家移民到加拿大，英文算得上是她的母語，比我的英文流利多了。」

「那就是加拿大人嘛，那裡是韓國人。」

「是啊，我也這麼說，不過她總是習慣說是韓國人，住在加拿大。」他咕嚕咕嚕喝了一大口，轉了話題：「對了，你對我們德國的印象怎麼樣？」

「很好哇！」這是衷心的讚美：「自然環境、社會秩序都很有條理，我很羡慕呢，可惜我待不久。你們命好，照佛教的說法，這是幾世修來的福氣，你可得好好把握，不然你下輩子說不定就出生到南斯拉夫去了。」前南斯拉夫因為宗教、種族等問題弄得國不成國，烽火連天。

「我不這麼覺得，你要是喜歡一個國家，移民就行了，何必要修行等下輩子呢？比如說，你要是討厭台灣，就移民來德國嘛！」他說的很乾脆。有一回聊天，他不知道從那裡聽來「法國人在台北蓋的捷運會起火」的笑話，我們順口談起了台灣和德國的政治現況。

「那麼容易就好了，我來旅遊，人家歡迎。移民，那可就不一樣了，自己的國家能待總是待著。」

「何必把國家的界限看的那麼重。」他不以為然。

我忽然想起一個從台灣移民出去的朋友，他對國家的界限更是直接的認為，那是一種「生為台灣人，死為台灣鬼」的固陋。其實我也不很確知，移民的本質究竟是接近古代河洛人南遷避禍？接近清末租界裡的買辦？接近黑水溝唐山過台灣？還是接近乘桴浮海，天下人為天下用的道理？

「你看我像那裡人？」麥西爾又問。

「德國人啊！」他捲髮、深眶、褐色的眼睛、高大。我瞧了兩遍說：「只差沒有啤酒肚而已。」啤酒肚是德國人給人的刻板印象。

「不全是。我是波蘭裔、斯拉夫人，我爸媽以前都是波蘭人，不過我是在這裡出生的。看不出來吧？」他像贏了打賭一樣，得意的笑：「像我女朋友，韓國裔，加拿大人。去年我去加拿大，我們還在討論將來如果在一起，要定居在德國好，還是加拿大好？所以我說國家的界限不必看太重。像我，波蘭裔，德國人，還不是過得很好。」

「那不一樣，」我悠悠的說：「我們至少有三點不同。」

「那三點？」他大感興趣，張大了眼睛。

「第一是血緣。你是波蘭後裔，和日耳曼民族的血緣關係相近的程度，遠遠不是我們黃種人可以比擬的。任誰都可以一眼看出，我們的模樣不會是日耳曼人。朋友們見面握手，人家開口問：『您從哪裡來？』，所期盼的答案是一個亞洲國家的名稱，而不會是一個德國城市的名稱。你不同，只要你不講，沒有人會去注意你可能不是日耳曼人。

第二是風俗，斯拉夫和日耳曼同在歐洲文化圈。縱然思想觀念有差異，比起世界其他地區的民族，也是相同的多，分別的少。你們都有特定而相近的，對宗教、道德、歷史、政治，甚至對文學和藝術的看法。風俗相近，容易認同。東方文化自成體系，和歐洲大相逕庭，很難消融，不容易有認同感。因為東方文化裡的某些思想、觀念、禮俗，已經進入我們意識的底層。比如說，你過復活節總會過得比我們有感受，我們頂多是覺得新鮮趣味。我知道德國的自然環境好，政治和法律都比我的國家上軌道，但是風俗不相屬，心裡頭就容易有隔閡，時間長了，就會像是人沒運動一樣的不舒展，又像是天天有人提醒你：你不屬於這裡，過去不是、現在不是、未來也不是。」

其實這個問題，在我旅行中已經想過許久，今天碰上機會，信口說了出來。感覺不像在分析，卻像在訴苦。

「不同民族間當然不相屬，但是一個國家裡並存幾個不同文化型態，多采多姿也很好。你不這麼認為嗎？」

「當然是不錯。」我附和他的意見：「但是這必須先在異民族的風俗習慣上，建立起一種平等的默契，來互相寬容與接納。」

他點點頭說：「那就是憲法啊！」

「不是，那不夠，憲法化解不了異民族的猜忌。國家之內異民族的兄弟之情，是心量和氣度的問題。這須要一種共同生存和創造的態度，也得靠彼此從時間中累積信任。偏偏異民族間的界限，除了血緣和風俗之外，又常常和經濟地位攪在一起，難分難解。不過，目前的華人除了在東南亞，並不是站在民族間猜忌的第一線。」

「唉呀，你別想太多，想你自己就好了。你既然看得清楚這些隔閡的來龍去脈，語言上又沒有太大的問題，參與到這個異文化的社會一定不難。」他倒是很鼓勵我。

我搖搖頭：「哪有那麼容易，我看過一些華人移民，有一個很有趣的現象：大部分人在年輕的時候都覺得，我年輕啊，我能講他們的語言、和他們工作、和他們競爭、和他們生活，享受他們的社會為他們的人民所提供出來的一切建設和制度。就我們台灣人而言，外國雖然經濟不景氣，對外卻不必憂慮戰爭；對內也不必因為一些荒唐的政治現象而生氣。移出去，窮一點，至少免於恐懼，免於不安定。生活水準高，品質又好，何樂而不為？這都是實情，但是慢慢年紀大了，有許多人又想回來。他們的想法大概是：還能有幾年好活？政治不安定又怎麼樣？那個社會不都有毛病？能夠在自己成長的家鄉和老朋友、老同學聚聚面。聊聊天，泡泡茶，說說母語，才是生活中最重要的。在國外的發展好，也許不錯，但到頭來還覺得是人家的。他們永遠不會把你想成黃皮膚的白種人，最多是傑出的華人。年輕時候奮勇向前的心弱了，年老想休息的孤單和寂寞就出來了。」我想到在旅行中碰到的一些台灣移民，和一些當年移出去，如今又移回來的例子。「說不定異國通婚還好點，還有親愛的伴侶可以體諒，寂寞的感覺不會那麼強烈。」我順便開他一個玩笑。

他會意的橫過手來，頂了頂我胸膛，咧著嘴笑：「對，對，你也可以找個漂亮的德國女孩就行了。」

「嗯。」好主意。

「其實你剛才講的，大概只會發生在第一代的移民身上。」他認真起來。

「沒錯，這就是你的第三個優勢啊，」我狠狠的喝下了一大口酒：「你是第二代的移民，出生在德國，長成在德國，和波蘭沒有情感聯繫。說不定到了你兒子，除了能從姓氏上看出波蘭的痕跡外，其他什麼也不曉得。我不一樣，我出生在台灣，長成在台灣，中文已經是我的母語。我高興、我憤怒、我惆悵、我欣慰，聯繫的經驗和心靈的寄託總是中文的多，外文的少。外國語文對我而言，究竟只是工具。除非我真的精熟了德文，能和德國人有深刻的情感溝通。或是有個中國城，有華人的小圈圈可以滋潤，不然很難徹底的作個德國人。那你不同，我想你人生的體悟和理想全在德國的文化中，與波蘭不相關，大可以安安心心的做德國人。如果你不介意我猜一猜，你爸媽大概就不能像你這樣，沒有牽掛的成為德國人。」

「你說的對。但是，他們當年也是為了追求一個更好的生活，才千里迢迢來到這裡。」他喝乾了酒杯，頓了一頓說：「可見台灣一定還不壞，你還眷戀。不然，縱使血緣和風俗天差地別，說什麼也要移出去。」

「這倒是，第一代的移民總是辛苦的。不過有一天，或許情勢逼迫，沒作成移民，倒作成難民。」我想起一些台灣潛在的戰爭威脅。

麥西爾向酒吧的調酒師又點了兩杯特大號的啤酒。忽然，他轉過頭來問起：「那你覺得怎樣是個理想國？」

「啊，好大的問題：理想國，」我想了一想，努力的趕掉腦子裡的酒意，擠出一點空間思考：「我不知道怎麼樣是理想國，但是我相信：一個國家能不斷的改去已經知道的錯誤，繼起的年輕人樂意去參與，樂意去珍惜，也許就可以通向理想國。」

「理想國裡一定要有啤酒和工作機會。」調酒的年輕人笑嘻嘻的插了一句，把兩大杯啤酒從吧台上推了過來。

「對極了，」麥西爾接過啤酒，也推了杯到我面前：「你下次再到德國來的話，記得通知我。」

「好哇，不過你也得通知你的女朋友才夠意思。」趕走的酒意又回來了。

「沒問題。」他爽快的笑起來。

「也歡迎你到台灣，台灣的高山，可比你們這裡的沼澤有看頭。」奧登堡一帶全是低平的平原，分布著許多零散的沼澤和湖泊，連個土丘都沒有。

「一定一定，」他高高的舉起這滿滿的酒杯，意氣風發的舉到我面前，朗朗的說：「波斯特！」是德文乾杯的意思。「敬愛情、敬友誼、敬理想國。」

我飄飄然有些微醺，也暢暢快快的舉起酒杯：「好，愛情、友誼、理想國，波斯特！」

德國

小城點滴

奧登堡這城小小的，很可愛。

生活

在這裡生活簡單：課本念完一課準備下一課，衣服洗完一輪等著下一輪，飯菜煮完一頓打理下一頓。隔幾天就得到郊外的購物中心採買，比較便宜。城裡的公車班次像是有意的減抑，半小時，甚至一小時才有一班。居民大都騎腳踏車。城裡和郊區，都規劃有腳踏車的專用道，明顯的和汽車道、行人道區別開來。綠蔭下不時翻滾著花絮和落葉，騎來非常舒爽。汽車駕駛的禮讓最讓人愉快。一個點頭微笑、一個伸手致意，對於習慣台北市擁擠急躁的我來說，是莫大的尊榮和感激。有些時候紅燈亮起，我騎在車上，一手握著車把，一手扶著身旁的電線桿來平衡。這時一隻勻稱的手搭了上來，順著手臂尋上去，視線就落在某個美麗親切的微笑上，這會讓人舒服的沿路唱歌吹口哨。

平日騎過湖邊或是河畔，最愛看到小孩子剝著麵包，或是從媽媽手中接來剝好的小塊，一片片奮力的丟給鴨子。那鴨子搖晃身軀，從四面八方趕上來吃，呷呷的道謝。小孩子的臉上於是綻露出笑容，好祥和。偶而看到幾隻鴨子肥顫顫的過馬路，總是慢條斯理的、一步一步顛著屁股。如果我把腳踏車停在樹旁，湖上、河裡的鴨子就呱呱呱的全圍上來。那種被鴨子信賴的感覺，是一種溫馨的得意。

廣場上的鴿子也喜歡和人在一起，只要有人準備了些米穀，鴿子就會紛紛飛來。或是在腳旁揀，或是停在人的肩膀上啄。鴿子多的時候，會弄得人左遮右擋，招架不住。有一次我隨手灑出一小把，竟然引來漫天的鴿子，一轉眼，就籠罩在羽翩絨毛裡。

世銘和文豐是我的大學同學，畢業後來德國念書。今天我們要去拜訪一位老人，是他倆以前的房東。老人在郊區有一塊小森林，我們向北海的方向騎去，筆直起伏的道路，伸向愈來愈寬闊的沼澤平原。

小森林有點濕潤，卻很清爽。老人巧妙的建了一間小屋，隱在林間。屋子原本是廢棄的貨車廂，現在裡面放了床，也有廚房。他利用許多撿來的大自然材料，裝璜得很舒適。森林疏落不高，但已經足夠把世界隔在外頭。從林子仰望天空，好像圓形的小螢幕，青天的藍和流雲的白，上演著一齣齣的變幻。

「午安。」我們跟老人握手打招呼。剛到這裡的時候，老人聽說我環遊世界，想像行頭一定很多，開了輛大車來接我。結果只載到一個背包，讓他很激賞。後來聚了幾次，很投緣。老人一把大鬍子，長得很像馬克思，風趣熱情，也愛好旅行。他曾以腳踏車騎過中國華北和江南，沿途都睡在大學裡。他嫌公安麻煩，每次被盤問時就舉手高嚷：「我愛中國、我愛中國。」公安都當他是瘋子，懶得多查。

除此之外，老人只會說「乾杯」這句中國話。問好也乾杯、高興也乾杯、再見也乾杯、有事沒事也會天外飛來一個乾杯。文豐煮了盤小菜，大家就在屋中淺酌。他比我們早到了幾個小時，修理一扇小窗，忙了一早上。這會兒坐在躺椅上，闔起了眼，在縷縷陽光和細碎的鳥鳴聲中酣酣睡去。

午後，老人帶我們去看他媽媽。真是不可思議，老人的媽媽！我懷著一種小紅帽到樹林探看祖母的心情，來到這個九十五歲的媽媽家中。老人在門外輕喊，沒有應聲，推開屋前的小木門，逕自走了進去。看他的神情，就和尋常孩童在找媽媽的時候一樣。「媽媽不在，去散步了。」老人出生在這裡，他幽幽的說：「屋子沒有變，人已經老了六十年，生命就是生命。」這是他的口頭禪，我聽了好些回了。

回到老人家中，在後院的餐桌旁泡茶。桌上有個玻璃小缸，盛著點水，飄了幾朵浮萍。浮萍裡托住一個小碟，點了根小蠟燭。微風輕拂時，蠟燭就如扁舟，浮過來、蕩過去。「我有兩個樂園。」老人得意的說：「一個在森林、一個在家裏。」院內花草，都是他一手栽植，中間是個池塘，有幾隻手雕的葫蘆鴨子。

榕樹旁的簷角下，高高的擺了個破水缸，像在接水。世銘從池裡舀出一瓢水，倒進簷下天溝。順勢滑溜的水，在高度不同的水缸、水管、瓦片間造成不同音階的響聲。錚錚、淙淙、咚咚，然後匯成一束，落回池塘。屋簷下尋常的滴水，經過這樣巧妙的設計，就變成一段曲曲轉轉的涓流。一旦大雨滂沱，在忙碌的雨中世界裏便可得來一隅的悠閒。「真是妙人。」我對老人說。

「生命就是生命。」老人笑著又說：「這是我們天天可以享有的。」

奧登堡的味道，就像老人給我的感覺。一個平凡的小城，歷史上沒有顯赫事蹟，地方上沒有彪炳人物，它只是默默的存在。小小的噴泉、小小的教堂、小小的溪流、小小的古蹟，一切都是小小的。它隱在人間一隅，讓地方居民能安心的享有生活。城雖然不大，但這不也很足夠了嗎？

節慶

這三天是一年一度的小城節慶，每夜都是通宵達旦的狂歡。一場民俗技藝團的演出，揭起了序幕。這場演出是以中世紀日耳曼人的生活為主題。空地上圍起竹寨，裡頭全部以乾稻梗鋪地。鑼聲響起，村寨中的人家活動起來。帷幕裡星相師在算命，泥水匠忙著版築。外頭的婦人晾起被單，染坊的長工揪緊了布料染色。街上有烤羊肉的、賣啤酒的，倚門騷弄的妓女，還有幾個瘋子和乞丐婆沿戶行討，徘徊在一家磨坊前。演出者穿著傳統服飾，一副破爛髒污的模樣。自然的作息，加上景緻的逼真，這裡宛如就是一處偏僻的中世紀莊園。群眾認真的和演員聊天、問長問短，有的買了酒肉作晚餐。一個酒攤的小二聽說我從遠方來，很開心的調起酒來請我喝。酒在彎彎的玻璃管裡，滴溜溜的滾了幾圈，從另一頭詭異的聳著泡沫出來。我一飲而盡，灼熱的口感像有奇幻的法力進到身體裡變化。站在一旁的吹笛人、巡邏小卒、和一個騎馬的女戰士，緊張的盯著我看。

跑馬場上人聲喧騰，武士正在對決。兩個滿臉落腮鬍的圓桌武士一聲長嘯，騰起駿馬，迎面對刺。一個被刺得從馬上斜摔出去，又真、又險、又巧，觀眾在驚呼中鼓躁。另一群武士飛馬過火輪，展開刀盾的競技廝殺。

天色漸暗，寨中四周都高舉火把。角落有個帳棚裡，盛了一木桶的熱水。當家的婦人搖擺著圓潤的腰肢，笑吟吟的走近一位男子跳起舞來。男子看她來得大方，也跟著逗舞。婦女跳著跳著，順手解開他的領帶。再扭了一圈，就褪去他的外套，柔媚的要拉他進去洗澡。男子仗著圍觀群眾的打氣，吻了身旁女友一下，就把身子脫了精光，大步的跨入帳裡的大木桶。他靠坐桶邊，果真洗了起來。婦人又走出帳外，慫恿著對這種鞭笞洗浴有興趣的群眾進去嘗試。一名妙齡女孩聽得心動，半推半就間也進了帳。她卸去衣衫，裸坐在男子對面。看著飛來的美艷，男子張大了嘴。桶邊的女傭不停燒水，然後舀來熱水澆著這對男女。另幾個則拿著細嫩的竹枝，要兩人搭扶在桶緣袒出後背，好接受鞭打。男子興起，學起小電影裏纏綣的喘息，跟著鞭子和著，弄得一帳子人憋不住的笑。

竹寨中到處有表演，群眾興奮的參與。今朝有酒今朝醉，這小城的居民都不必化裝，酒一喝，音樂一來，就全變成遠古的蠻族。帳外還有幾個江湖郎中，來回的表演擲刀、耍蛇、吞火，最後是火刑異教徒。被綁上柴堆的女巫，在騰騰的燄舌裡消失化為灰燼。鑼聲再起，四方火把盡出，輝煌明麗，謝幕時群眾報以熱烈的掌聲。

看完出來，回到二十世紀，到處都是燈火通明的酒吧。舞廳裡關不住的重金屬樂聲咚沉沉的響。舊城區的廣場和小巷裏塞滿了人，走在裡面，可以感覺到一股股推湧的力量。對我而言，其實不是走在裡面，而是埋在中間。外國人個子高大，我得不時的抬頭仰望。

遊唱的街頭藝人吹著橫笛，拉奏風琴。身體彩繪師粉墨了臉龐，扮成佇立的雕像。幾個髮型特異的龐克族，準備了大型音箱和爵士鼓、電吉他，使出渾身熱勁，賣力的吼叫。表演者有不少年輕人，有的斯斯文文、西裝革履。有的只是一件鬆垮的薄背心和撕裂的牛仔褲。群眾密密麻麻，各自圍觀，在節拍的鼓舞下忘情的扭動。也有人買了水果鮮花，丟給舞台上一些夠水準的藝人。演的人專注，看的人沉醉。

夜的感覺，輕輕柔柔的飄在空氣中，不斷的慫恿著人們盡情的吃喝玩樂，異性戀、同性戀、老夫老妻、小夫婦推著娃娃車，在吆喝的攤販聲裡擁吻摟舞。夏夜暖和舒暢，宛如一個溫暖的蒸氣室。身邊的人像都睡飽了，笑容可掬的互打招呼，流浪漢也顯得特別可愛。我高興極了，拎了瓶啤酒，也跌跌撞撞的擠在狂野的人潮裡，在這搖滾的嘉年華裡游動。

狂歡後，有一片溫和的月色。城區旁那美麗的河邊草地上，悄悄的拉起一簾青春夢境般的輕紗。濃濃的愛意，像燈影和河水，在一圈圈的漣漪裡由遠而近的交纏、顫動而模糊，給愛戀男女一夜的永恆。

遠足

終於盼到一天晴空萬里，騎車遠足去。

兜幾個彎，轉出郊區。筆直翠綠的橡樹大道上，只聽到自己的呼吸和耳邊溜走的風聲。高聳的樹葉，把陽光濾成一片粼粼的海浪光影。腳踏車在盪漾的玉米田邊戛戛的前進。

歐洲人真的比我們好命。他們不必挖空心思去冥想桃花源的模樣，更壓根兒不必讀什麼《桃花源記》，當下就是桃花源。那邊屋舍儼然，這裡落英繽紛。轉過身是良田阡陌，回過頭是自自在在、眉目清朗、不知有漢無論魏晉的青年。

騎過無數的田莊小徑，進入開闊的草原牧地，牛羊成群。曠野的風吹起我的頭髮，像田裡禾苗那樣的飛舞。吸進來的氣息和了濃郁的草香，讓人感到像是換了肺一般的舒暢。大草原上不見人影，我和一株草、一頭牛，同樣平等的在藍天白雲下。偶而有人從遠方騎來，錯身時一個問候的微笑，會暖洋洋的在心頭上融化。

小柵門後面，有一片亮晶晶的油綠和湛藍。

大雨有恆心的下了個把月，漲滿的湖水把整個湖都托了起來。和煦的陽光下，一群孩子把濕潤的泥地當作跳板，此起彼落的邊跑邊脫，咚咚咚全下了水。看著這群小孩咿咿哇哇的玩水，我也忍不住跳下湖去。

綠色的湖水下，魚影靈活的閃動。隔著水的天，糊盪盪的一片光亮。湖水其實很冷，只在上面讓出一層膜的溫熱。我划開手足，寒冷的感覺追逐著身體。我打著圈游，大聲唱歌。蕩來的回聲，也像在湖畔呼氣顫抖。

嫩嫩青草，晶瑩的環湖閃爍。爬上岸來，哆哆嗦嗦的感覺隨著身上的水珠一滴滴滾落。淡淡的熱茶、壓扁的丹麥奶酥、自己作的滷蛋，和我一同野餐。天邊下來的風微微的吹，像屋裡開啟的暖爐讓人暖和起來。長長的歎出最後一口溜進身體的冷，天頂刺眼的光亮讓世界變得煙塵濛濛。

拾起曬得酥軟的衣服繼續騎去，湖這頭的丘陵只有我一人，卻有數百頭牛羊。有的打盹、有的追鬧、有的呆呆的看著我。我站起身，又奮力的騎起車，地平線的盡頭就是小溪了。

芬蘭

赫爾辛基掠影

這是個比鄰北極圈的城市。

從港口北側的瑞典戲院，到波羅的海女兒雕像的行人徒步區，一路上音樂和舞蹈相隨。下午的街頭表演，引來購物者的圍觀。人們在鐵匠銅像前小憩，一手啜飲咖啡，一腳踏著拍子相和。另一邊的馬克廣場，全是小販此起彼落的吆喝聲。海面上灰鷗翔集，不時俯衝而下，掠取飄浮的小魚或麵屑，甚至飛到廣場來，和鴿子競食散落一地的爆米花。港內藍天碧海，有成群的風帆。帆布順風鼓脹，微微前行。廣場東側，矗立著一座希臘正教的教堂，出自俄羅斯人之手。芬蘭是一九一七年才脫離俄國而獨立，市街仍保有濃厚的俄羅斯色彩。慢慢的晃離市區中心，人群漸稀，建築也變得簡單一致，街上瀰漫著一種灰沉沉的冷清。街景像這裡的經濟，有點蕭條。

到這裡的第二天，我第一次去洗「桑那」，著名的芬蘭浴。興沖沖的拉了條毛巾，就隨一個小夥子光了身子進去。不到兩分鐘，米粒大的汗珠，一顆顆的從皮膚上滲出來。再一會兒，全身就冒滿了汗水，漸漸熱得我喘不過氣來，終於奪門而出。正好撞見一個正在淋水的年經人，才知道進蒸汽室前要先淋濕。好險，差點給蒸發掉。這一洗洗出興頭，隔天再去，淋了濕漉漉的才進蒸汽室。真是舒服！有種鬆軟的舒暢。

這回碰到一位山東人，同我一樣年歲，派在此地攻讀經濟。恰好我年初旅經華北，學的也是經濟，話匣子就開了。他領我出了蒸汽室。噗通一聲，跳進旁邊的游泳池。池水和蒸汽室溫度相差約攝氏六十度，他邊游邊告訴我：住在鄉間的芬蘭人，家家都有個小木屋作蒸汽浴。蒸汽高達一百度，一從屋裡出來，就跳進屋外鑿開的冰洞裡。沁涼的冰水都在零度以下，不過民眾都習以為常。我聽著也想一試，屏了口氣，猛地跳進池裡，果然有種酥麻的刺激感。划開手腳，冉冉游動，一身子細胞全都徹底的清醒過來，再無清晨慵懶的睡意。裸著身子游泳，這還是第一遭，十分自在。這山東青年就住在這幢宿舍裏，他覺得這裡的社會福利很好，想爭取機會在此工作。洗完澡後，在他房間裡吃了一大碗陽春麵。異地得食家鄉口味，真是一大樂事。

參觀了當地的美術畫廊。從畫作裡，我看到了芬蘭在全國不同地域裡的民情風俗，特別是關於極地的風光：森林、馴鹿、扁舟、蒸汽浴木屋。和過去刻版印象不同的是，北歐向為有著無數金髮美女的國度，然而這裡的女子肖像卻含蓄收斂，大大的不同於西歐的女子畫。畫廊裡還收藏了許多的大理石雕，肌膚晶瑩，意念和情感呼之欲出。燈光打在那些體態優美的雕像上，更覺其雪白滑潤，幾次令我情不自禁的伸手撫摸。才一接觸，那讓人心動的青春就直傳到心裡來。

搭了渡輪，到波羅的海的一個外島，那島過去是俄羅斯和瑞典爭戰之所。意外的碰到一位台灣來的委員，陪同的還有報社記者和一位駐外人員。那位駐外人員奉派至此，停留三年，很喜歡這兒。

「在台灣，像這一帶的森林和湖泊，是不是只有在阿里山和溪頭才看得到？」她很認真的問我。

這問話瞬時停住了時間，騰雲駕霧的，一下子把我送回熟悉的土地上。我遊蕩在豎直的冷杉林裡，天空如漁網篩了些陽光，從毛茸茸的松蘿間垂掛下來。幾隻山雀在樹上，胸口不斷的含合……開闊的草原山凹裡，湖泊是向天仰望的眼睛。蒼鷹在流雲和白木間，忘我的飛翔……。

是不是只在阿里山和溪頭有？我該怎麼回答？不只啊！丹大有七彩湖，歡喜山有大鬼湖。霧林裡有紅檜和扁柏，流泉邊有蝴蝶和竹雞的蹤影。還有黑熊、山羌、水鹿。可是這都要遠離文明，爬進深遠的山中才看的到，不像這裡隨目可及。我索性點點頭，不忍心多說：「嗯。」

她有點焦慮：「那以後回國怎麼過日子？」

回國怎麼過日子？是許多留歐同學和來歐工作人員的共同問題。我已經聽過不下數次。一旦習慣西歐或北歐的生活環境，怎麼回頭去接納台灣的吵雜和污濁呢？曾經滄海，如何為水？其實何止他們，我也有些害怕。

起飛前往聖彼得堡，從機上下望，赫爾辛基被包圍在森林和海洋之中。聽說芬蘭是個被冬天主宰的國度，當漫漫寒夜到來，芬蘭人是憂鬱的、借酒澆愁的。只有在夏天，人們的情緒隨著氣溫的不斷上升，才變得熱烈、開朗起來。我看看下頭，已經有了一片綠意在迎接這個歡喜的季節。高度遞升，視野益廣。芬蘭國土平整遼闊，綿綿邈邈的接向北天一片蒼白的冰海。我要把這景色記在心頭，回國之後再聽一次西貝流士的「芬蘭頌」。

俄羅斯

白夜

黑夜之外，還有一種白色的夜。

第一夜

隨著飛機飛過平靜的波羅的海，一點點的靠近俄羅斯，心中不免興奮而緊張起來。大學時代，蘇聯是雷根口中要將之丟入歷史灰燼中的邪惡帝國。跟著是星戰計劃的對峙，再峰迴路轉的舉行高峰會談，而後總統大選、聯邦瓦解。一連串讓人應接不暇的滔天巨變，都不是當年在小教室裡，熱烈爭辯的師友所能臆測的。如今，我就要踏上這片花費了我一學期寫研究報告的土地。飛機從清朗的高空逐漸降到白雲裡，灰濛濛的天色中抵達了聖彼得堡，我要從這灰濛濛中一探究竟。

海關關口，和中國大陸由廣九鐵路入境廣州的關口一個調調：沒有特別的指標，一間簡陋陰暗的小屋子，旅客自己得找個窗口辦手續。出關後，也看不見任何機場服務的標示。隨手換了些盧布在機場外等候公車，當場就等足了一個小時。有了這一個小時的乾等，才把我從資本主義的國度中拉了出來，開始一點點的浸到共產主義的氣息裡。

等車的時候，有個英俊極了的小男孩，興奮地問我從何處來？是什麼樣的地方？好不好玩？我拿了個印著台灣的小茶墊送給他，他開心的又蹦又跳，跑回去給他爸爸看。他爸爸拎著小布包倚在牆邊，拉起他小兒子的手，頻頻向我揮手致謝。海關外頭，人們站著、蹲著、聊天、看報，十分的耐心。翹首期盼中，公車終於來了，卻是一車滿滿的人。結果除了我擠上去之外，其他人都無可奈何的放棄，繼續等候下一班。我暗想：其實再擠的公車都有辦法上去，只是他們沒有從小受「訓練」而已。

車子開不到五分鐘，就地熄火，一車的人全下車枯等。對這現象我並不意外。我又想起半年前在中國大陸的點點滴滴。俄羅斯和中華民族絕然相異，卻可以因為制度，而有這類相似的狀況。

這是個美麗的城市。街道清潔寧靜，路旁都是平凡樸素的寓所式建築。惟其接連不斷，給人含斂深峻的感覺。迎面走過許多民眾，是那般的尋常，尋常到和我從小所學得的觀念無法聯繫：從瑷琿條約到雅爾達密約，俄國是隻可惡貪婪的北極熊，與英法從海上來的勢力，像一把大鉗子，要鉗分中國……。啊！教育灌輸給人的刻板印象，力量真是強大。

我待的這家旅館，是俄羅斯的官方旅行社所推薦的，一天就要台幣兩千塊。除了窗帘一拉會掉下來之外，晚上想泡個熱茶都沒有熱水，吩咐服務生也沒有下文。想想還是自己去拿要快些。於是我抱著一個借來的小瓦缸，從十一樓下到大廳去討熱水。那是全旅館唯一的熱水器，出水的時候像是嗆到那樣，一滴滴的嗆出米粒大的熱水，要等上大半天才能聚上一缸。後來幾天，我都自己端了瓦缸去接水。廚房的老婦人看得熟了，總是打量著我讚美：「還是亞洲人勤快。」

第二夜

沿小路走到新荷蘭區，盡是運河渠道。現在是本地的傳粉季節，總有棉花般的花絮在空中飛揚。花絮飄落在渠水上，如打水漂兒一樣，滾動了幾下，才凝著在水面上，依得緊緊的，再也不動。一襲風，一河絮，進而滿城風絮，彷彿白雪紛紛。這是個會在風中飛舞的城市。

街道上設有有軌電車，四通八達一如西歐。只是軌道上的鋪石零落不整，車廂老舊。三合一教堂和聖尼古拉教堂也一樣，外貌都很宏偉，內部卻十分破敗。不過，入內膜拜的信眾都在禱告後，都虔誠的用臉頰輕貼聖像，非常禮敬。想來這些教堂，過去應該也有輝煌燦爛的歷史。

步入王宮廣場，亞歷山大圓柱矗立中央。圓柱成於一八三四年，是為了紀念俄國打敗拿破崙的事蹟。拿破崙在歐洲是個毀譽各半的跨國性人物，除了法國一意歌誦外，英國、西班牙和此地，都建有聲討拿破崙的紀念碑，比利時則是褒貶參半。

廣場上有小孩兜售卡片，纏著我要賣一塊美金。我看著他清純的臉龐上，已經透露著對金錢的迷惘。他努力的想說清楚英文——這種在俄羅斯尚不普遍的語言。他追著我問：他已經賣的這麼便宜了，為什麼我不買？

掛在許多俄羅斯人嘴上的話是「dollar」，一如掛在許多大陸人嘴上的話是「換不換」，掛在許多尼泊爾人嘴上的是「change」。民眾目前都已從經驗中學得：不要盧布，只要美金。前蘇聯和美國在經濟方面的競爭上，是徹底的輸了。而在社會建設與發展的腳步上，也是遠遠的落後。

廣場旁矗立著沙皇的冬宮，現在闢為「愛爾米塔什博物館」。適逢週日，館外大排長龍，根本不知道隊伍的尾端繞到了哪裡？參觀者以本地人占大多數，他們打扮正式，耐心的等候。組團前來的外國觀光客卻沒這等閒功夫，都是偷偷摸摸從旁邊的小門，另外辦手續進去。一位澳洲來的老太太看了這等排隊的人潮，提議和我扮演一對脫隊的母子，一人用一美金賄賂警衛從小門潛入。進門之後，我有種狼狽為奸的感覺。不過讓我納悶的是：哪裡來這麼多民眾想看博物館呢？

館中規模之大，更勝羅浮宮和大英博物館。入口的第一廳就是埃及陳列室，和羅浮宮與大英博物館一樣。這些國家都宣稱他們的收藏最豐。可憐的埃及，不知道本身的歷史文物還剩多少？館內許多名作，在過去打仗時都被當作戰利品搬來搬去。這些老牌帝國主義國家的博物館中一幅畫的飄泊史，說不定就是一部歐洲戰爭史。不過，這倒是方便教學，自家在自家的博物館中即可講述各國藝術。

由於通貨膨脹厲害，館中的書價也是與時飆漲。櫃檯小姐懶得去改寫標籤上的售價，只用了一塊板子，像公布彩券號碼一樣，每天更改價格。由於書品雅緻，我買了許多書冊想寄回台灣。櫃檯小姐突然變得為難起來，像台灣警備總部的專員，挑三揀四的表示：這本不能寄，那本不能寄，有的書還得勞駕她打電話去問有關單位。最後，她索性寫給我一個地址，她說若要全寄，請到某某當局申請特別許可證。

冬宮對面的半圓形建築，是參謀部的舊址，帝俄時期軍事威權所在。一如倫敦的白金漢宮和白廳大道，是帝國主義永恆的標記。

此刻的王宮廣場，停滿了美國團的旅遊車，一線排開。小販四處尋找顧客。一個老媽媽纏著頭巾，盯著她跟前一個小男孩演奏小提琴，賺取賞錢。小男孩含著眼淚，很不情願的站著拉琴。我抬起頭，看到廣場中亞歷山大圓柱上的勝利女神，和參謀部上頭的勝利馬車，彷彿也無奈的注視著這種荒謬的場景。

來到喀山大教堂前，正值夕陽四下，一場搖滾演奏熱鬧喧騰的上演。圍觀的青少年舉手扭腰，那種青春奔放的模樣和世界各地無分軒輊。沿途許多東正教堂的外觀，早在風行台灣的俄羅斯方塊電動玩具裡見過，現在看來倍感親切。

時近夏至，太陽到午夜還懸在天上，幾乎是全天候的陽光普照，只有四十分鐘是黑夜。這樣的奇景是當地民眾狂歡的時刻。夜色愈晚，愈是熱鬧，人們全走到街上。小孩當街溜滑板，年輕人隨著搖滾邊走邊跳，四處都有音樂傳出。傍晚開始，市政府就禁止汽車開入市內，舉辦了馬拉松賽跑。許多海軍軍人，勾肩搭背的在街上飲酒唱歌。河畔濃濃的男歡女愛，沒有一絲睡意。

第三夜

風雨中走訪聖彼得堡最早的發源地：涅瓦河。

其實淡水河河面也有這般寬闊，只是沒有涅瓦河兩岸建築與橋樑所構成的整體氣派。陰沉沉的天空中，教堂的金頂顯得格外醒目。我從彼得與保羅大教堂頂著風雨衝過基洛夫橋，直赴戰神廣場上的長明燈。這沿途的景緻磅礴而無可抵擋：大水、大道、大建築、大氣派。俄羅斯民族的文化傳承，是如此鮮明的寫在所有建築和整體格局上。看著這種氣勢，我不禁想起故鄉：台灣今天是發達了，但能持續多久？在未來人類史上能有什麼地位？會不會只留下「人口驚人集中，全民賣命賺錢」的描述？還是像這場大雨，滂沱過後不免消散無跡？

登船遊覽涅瓦河。人在船上，河面益覺壯闊。船行出芬蘭灣口，海風甚勁。飲下數杯伏特加酒，憑想彼得大帝之遺風。他當年微服出國十八個月，回國後立刻改弦更張：設學校、置銀行、辦報紙、引入歐曆、撥送青年出國留學、一改欽察汗國以來的孤立隔絕，全力吸取西方文明經驗。他勵精圖治，俄羅斯於是脫胎換骨。

在倫敦碰到一位波蘭來的大學生，我才知道：波蘭早在英國有王室制度之前，就已經有了成熟的國家體制。國勢強大時，曾經吞併基輔和西俄羅斯，更一舉進占莫斯科。在彼得大帝之前，波蘭一直是很先進的國家。然而，正當俄羅斯以十分的進取精神銳意革弊時，波蘭卻停滯不前，兩國的國力從此逆轉。他告訴我：波蘭一直要等到被瓜分後，才獲得新知識的洗禮。諷刺的是，這才開始了民族生氣的復甦。

如此聽來，波蘭並非一直是我印象中苦難的國家。民族苦難原是咎由自取，這是多麼值得警惕的歷史教訓。中國何嘗不是如此？彼得西遊，於一六九八年返國，正與清朝康熙同時。然而，俄國自從戰勝瑞典，取得聖彼得堡後，從此向西方大開窗扉。新知傳入，社會發展與日俱進。再想想英、法、美等國，莫不興起於知識。就因為對知識的維護，國勢一振至今。反觀中國和波蘭，由於幾個政策的錯誤，國家就在一丁一點的不注意、不反省中斷送了求知的創造力，造成日後子孫無止無盡的災殃。唉！國運豈有命定，禍福何關氣數！

酒意冒起，臨海觀風，這灣中波濤，亦不知有多少英雄淘盡其中。船上有一團來自美國的旅客，正和船家雇請的民俗舞團同樂。這種鏡頭，在十年前根本無法想像。

民俗團的俄羅斯人名為演出，但他們的認真投入，感染了在場每一個遊客，賓主盡歡。歌者引酒助興的歌聲、舞者自得其樂的腳步，交融在風琴和響板聲中。在他們無比豪邁的邀請下，我趁著醺醺的酒意與之共舞。涅瓦河的水氣，昇騰成愉快的音符，叮咚咚的譜成震耳欲聾的唱和。一聲無意間被我打落到地上的玻璃破碎聲，連同伏特加的酒氣、魚子醬的腥味，一齊滋潤到我的手舞足蹈間。啊！涅瓦河，聖彼得堡之河。

第四夜

下午去聽音樂會，是個小戲院，裝璜和設備並非一流，但讓我深感驚訝的是：前來聆聽的民眾個個穿著體面，一點都不像白天在街上看到的窮酸模樣。男女老少，全場坐無虛席。這樣普通的戲院在聖彼得堡不知凡幾，人潮總是絡繹不絕，票價也非常便宜，最好的座位不過台幣四塊錢。戲票像破紙片般，一張一張的黏在票亭的玻璃上，隨手可以買到。我總是看到民眾站在票亭前面，上上下下的打量著合意的演出。看場音樂會，像是買包香煙一樣的稀鬆平常，是生活的一部分。這大概就像台灣以前鄉間的野台戲吧：人人能看，人人來看；人人能聽，人人來聽，這真是貧而樂道的最好寫照。

場中的座位是尋常的木椅。開場前，因為鞋帶鬆了，我把腳弓起來，踏在前排座椅後面的橫架上彎腰去繫。忽然，有人拍拍我的肩。抬頭一看，是坐在旁邊的一位老太太。她和藹的告誡我：不可以把腳踏上去，那不禮貌，我一時面紅耳赤。音樂會前後三個小時，中場時，會場突然冒出一片咳嗽聲，令人納悶。詢問之下，才知道是聽眾認為在演出時咳嗽是失禮的舉止，一直忍到現在，才趕快把想咳的感覺咳掉，聽得我目瞪口呆。

吃過晚餐後去看芭蕾舞，場中巧遇一位青年。坐在我身旁，大概是瞧我看得專注吧，問我從那裡來的，喜歡芭蕾嗎？

「嗯。」我答應了幾句，眼光還留在舞台上每一個優美的身影。他看我很喜歡這舞碼，忍不住得意起來。

「我也會跳，他們，我的朋友。」他指了指台上的舞者。這次，我的眼光就停在他身上了，「我是維進，高興認識你。」

維進今年二十三歲，已有十年舞齡，他不太會講英文，只記得一些單字，我則不通俄文，溝通起來頗為費勁。但是因為有心瞭解對方的意思，語言就不成為絕對的障礙。我們用手勢和幾句簡單的英文，摻雜幾個法文單字，開始聯繫起這異國間難得的情誼。人世間的緣分，再一次讓我有莫大的驚喜。

中場休息，他邀請我到後台拜訪他的朋友。

幾個剛剛下場的舞者正在抽煙休息，有的閒坐著去粉卸妝，有的四平八穩的躺在地上喘氣。有的穿起舞裝，正對著鏡子做平衡動作的調整，有的聊天笑鬧，一群人全擠在小房間裡。我和他們語言不通，大家眼神交換，只是友善而陌生的微笑。維進和他們分屬不同的舞團，但已是多年的好友。

在房間外，和維進說起俄羅斯民俗舞。高中時代我曾經參加土風舞社，在學校的音樂會上表演過擊鞋舞，還依稀記得幾段。我一時興起，便挺身跳了一段。他又驚又喜的站起來和我一起跳。這立刻驚動了房間裡的舞者，爭先恐後的全跑了出來，有人加入、有人拍手，有人喝采，哄成一團。舞蹈，原來這麼容易打破陌生和隔閡。

終場後我走不開了，他們堅持同去飲酒。這附近沒有酒吧，大家站在一個小酒攤前舉瓶暢飲，我們講起話來，真是牛頭不對馬嘴。當然，若在酒意三分時，有人猛然想起一個英文單字，又足夠我和他們七嘴八舌的說上一陣子。酒後，一位英文單字懂最多、舞齡最輕的瑪辛，執意要大家去他家再敘。推辭不過，大家就隨著他坐地鐵，換公車。到了郊區，又沿著一條條小路步行。有人問起多遠。他只是一股勁的走在前頭，直說快到了，快到了。

又走足了十分鐘，他家真的到了。瑪辛比我們早了五分鐘進門，等所有人爬上樓梯到門口時，他太太已經笑容可掬的在門邊歡迎。大家擠在客廳裏一張小方桌旁閒聊。一會兒後，他太太端出一盤盤的菜餚和酒。她知道我是台灣來的，特別為我煮了一盤米飯，讓我受寵若驚。

瑪辛去隔壁找來一位通英文的女孩，自此話匣子大開。原來他們都是同一所芭蕾舞校出身，舞齡多已逾十年。畢業後由不同的舞團延攬，四處演出，以此維生。他們之中，有人年紀還不過二十歲，就願意、也必須把未來一生奉獻給芭蕾，一輩子跳舞。談起台灣，個個稱羨。維進挖苦的講起他們社區中好幾戶人家，必須趁有熱水時一同窩在小蒸汽室裡洗澡的趣事，大家只笑得東倒西歪。那位幫我翻譯的女孩，也笑得沒有力氣譯給我笑，直說等一下，等一下。

我看著他們，分享那份盡情的笑意。這羽觴佳餚、這些誠摯的青年、這番和善的溫情，多麼教我欣賞，多麼讓我無法忘懷。

夜已深沉，天邊依舊光亮，瑪辛請我留下來過夜，幾個新朋友也邀我到他們家裡住一夜再走。可惜我旅館中髒污的衣服和後天的機票都得回去處理，只得婉拒。瑪辛走到書櫃上看了看，拿下一本書，讓大家傳著簽名。他把書送給我，大聲的叮囑：「可要讀俄文才行！」我笑著接受。臨行前，我逗趣的問瑪辛太太：覺不覺得瑪辛是個好丈夫？她一聽，立刻仰起頭來，閉上眼睛，一臉陶醉的高呼當然，再深情款款的吻了他一下。我拉過瑪辛，側耳告訴他：「你太太說謊。」又引來一陣大笑。走到門邊，瑪辛又隨手拿下壁櫥裏的木娃娃，硬塞給我作紀念。

屋外大雨傾盆，大家三三兩兩的共用一把傘，送我到馬路邊。維進堅持陪我上車，要送我回旅館。我們上了車，他們的舞台攝影突然從窗口塞進來兩張照片，「練習，照片，不是，表演，紀念。」破碎的英文句子聽在心坎裡，卻是完完整整的情誼。車子在道別中駛離，我有種在桃花源輪流作客月餘，最後要告辭離去的不捨。我也同那漁大，悵然的注視窗外，想記下周圍的街景他日再訪。

回到旅館泡了杯茶，看看錶，已經凌晨兩點。眺望夜景，天色暗裡透著光，像黑紗裡罩了一盞燈。遠處的教堂和宮殿鍍金的金頂，都變成一顆顆黃色的星星，湊集了熹微的光亮，朦朦朧朧閃耀著。

旋開手上的木娃娃，一層、二層、三層、四層，共有四層娃娃。一個包著一個。最裡頭的那個娃娃，笑得最是靦腆。再看看那三張照片，啊，是他們停格在舞台上的平衡鏡頭。舞者的手足和身軀構成了絕美的搭配。剛才在方桌旁笑得人仰馬翻的，就是這照片中嚴肅練舞的青年嗎？照片是排練時照的，他們身上只穿了單薄的舞裝，臉部也因為沒有上妝，顯不出舞台上唯美的效果，反而露出了汗水和疲倦。這三張平凡的照片，為他們面對生活與生命所付出的努力，留下了最真實的紀錄。

遠望涅瓦河，彩霞與晨曦共一色。天邊留下的那一線金黃，也隨漫漫的河水，一路蜿蜒。

俄羅斯

另一種共產

「我永遠會記得，和布希總統一起在和煦的紅場上散步，看著周圍最善良的百姓。那是第一次人類可以在這樣溫暖的陽光下互相信賴。」戈巴契夫下台後，有記者問他當政時最懷念的事情時，他這樣回答。

這話直出肺腑，就像此刻照在紅場上的陽光，一樣的直接。是啊，看這廣場上熙熙攘攘的人群，那個民族不想永遠在和平豐足中綿延？誰又希望活在戰亂和匱乏之中？回想旅途中認識的各國青年，我們同樣年齡，各自降生不同國度、繼承不同文化、憂慮不同問題，但對人類未來的期待仍是共通的：不希望有恨。希望我們不必再教誨下一代去彼此仇恨。俄羅斯並非一隻凶惡的北極熊，而是個和美國、台灣和任何社會一樣，充滿著好人和壞人的國度。華沙的王城廣場上，一個應再出現德意志的坦克。俄羅斯的履帶，不可再重染捷克青年的血跡。希望有一天：人不必再因為政治軍事的原因，去教育孩子建立彼此的猜忌和義憤。而是慢慢在祖先糾結的餘恨中，撥尋出彼此共同擁有，卻失落已久的惻隱與愛。

紅場

紅場旁有列寧博物館，館中陳敘列寧一生的事蹟。此人與孫中山同時，手創蘇聯，舉世矚目。我細細看了一幅紅場起義的畫和當時史事。青年慷慨熱情，以鮮血締造新的俄羅斯，和黃花岡英魂豈有二致？然而列寧甫掌政權，立刻再造殺孽，集權於一身至今難脫獨裁惡名。比之孫中山開國後的作為和懷抱，兩人識見南轅北轍，差別何止天壤。列寧德薄，而可惜孫中山福薄。

博物館旁有座醒目的聖巴素教堂，這裡有個驚心動魄的故事。相傳伊凡大帝在教堂落成時下令刺瞎所有建築師的眼睛，以免他們在別的地方造出更美麗的教堂。俄羅斯的文學家、音樂家、舞蹈家為政治所迫害的故事，似乎從此不斷上演。

克里姆林宮四仞高牆，如一座城堡聳立在紅場邊。牆上刀戟樣的城垛，一個個鱗次櫛比，森冷冷的刺向天空。裡頭一幢大建築物上國旗飄揚，聽說就是最高當局議決國是的殿堂。我隔著高牆，仰望國旗下那輪龐大的圓頂。這個權力中心，在許多諜報雷影裡都是神秘詭譎的邪惡魔堡。它以周全的陰謀，策動世界各地的動亂。幸而英國的○○七會一次次在驚險中瓦解其圖謀。凡此種種，如今想來不值一笑。維進說他小時候的KGB（前蘇聯的情報單位）十分厲害，如今則是過街老鼠，人人厭惡。在德國聽一些德國人談起德東秘密警察時，神態也是一樣。而我則想起台灣的警備總部，和大學時那張請我幫忙、暗中監視某個同學的教官嘴臉。這些時代的髒污，轉眼間都被人民所唾棄。

順著牆走，一拐彎就是亞歷山卓夫斯基花園。花園裡翠綠的草坪和參差的樹木，搭配出怡人的景色和氣氛。幾個年輕人爬到樹上，尋找到好的角度，就坐在枝幹上作畫。有群民眾，放起傳統的俄羅斯民謠，翩然起舞。還有看書的、溜狗的、散步的、談情的。前兩天竟日飄雨，今天終於大放晴空。雨後清潔而暖和的莫斯科，飄著一股舒爽。尤其在這花園，完全聞不到牆內政權爭鬥的肅殺。

在花園的另個角落，挨著牆邊有一排平頂的小屋子，看起來像是電話亭，我湊上去想瞧個究竟。屋子的頂緣漆了一圈寬寬的黃漆，非常鮮明，正中間寫了兩行字：售票處，克里姆林宮。老天！這是克里姆林宮的票亭，這裡頭也可以買票參觀？

旁邊地上蹲坐了一群大陸人，問我這裡是哪裡？我說是克里姆林宮。有一人突然面露驚喜，拍了大腿站了起來，吆喝說：「嗨，起來，走吧！」大夥人果真全起了身，圍上那個票亭。

票亭後頭是克里姆林宮中的一處塔樓。正方形的塔基上聳起一柱尖塔，塔尖還頂著一枚金色的星徽。這枚星徽在底下這排亮黃的票亭間，愈發顯得孤高而寂寥。我還看著票亭上那兩行字，有種不知身在何處的奇異感覺，笨拙的從口袋中掏出幾塊錢，走向票亭，我也要進克里姆林宮看看。

維進兄弟

維進在聖彼得堡時告訴找，明後兩天他們在莫斯科某個戲院有演出，教我一定要去看。他把戲院的名字寫在一張紙上給我，俄文，我認不得。現在，我找到了那家戲院，才發現是享譽世界的波修瓦戲院，世界級的芭蕾舞殿堂。

由於這家戲院馳名國際，戲票特別難買。因為來自世界的觀光客，都用上百倍的強勢貨幣把戲票訂走。一位在博物館裡賣書的老太太告訴我，她上一次去那裡看芭蕾是她年輕當學生的時候，現在想去看也買不起票了。不過除了波修瓦戲院之外，其他戲院的戲票都能以低價買到，演出也屬上乘，只是外國人僅知道波修瓦而已。

戲院門前徘徊著一個黃牛。他一雙間諜似的眼光，很快就解讀出我臉上的購票訊息，依了過來。「十二美金，要？不要？」這個黃牛戴著墨鏡，刁了根煙。我嫌太貴，胡亂殺了一遍。他只肯降一元，還有些生氣的說：「你先去問問合法的價錢再來找我好了。」我照他的話，到一處官營的售票處打聽，發現票價高達七十美金。這真是個奇特的現象，政府比黃牛還黃牛。維進曾告訴我，他們每大跳舞，一個月薪資才二十五美金。這裡官營的戲票價格卻這麼高，其中的差價不知進了誰的荷包？

順利的找到維進，離晚上演出的時間還早，他帶著我去逛市區，介紹了幾幢著名的教堂，然後一起到他以前的芭蕾舞母校。他在此習舞八年，畢業後加入聖彼得堡的舞團，四處演出。我們坐在校舍間一個中庭，格局單調，灰色的建築環繞著一個荒棘的庭園。他抽著煙，半晌才說話。他說他在回想習舞的點滴，這裡的一切都和當年一樣，沒有改變。我問起他的未來。「沒有選擇，」他搖頭表示：「繼續跳下去。」人世中，有些人是面臨選擇多而迷惘，有些人是因為只有一個選擇而無奈。

回到學校大廳，來往著許多正在習舞的新一代青年，維進找到他弟弟。他今年十七歲，也在這裡受訓。最近剛放暑假，打算獨自出遊，維進來替他打理行李。

我們到附近的幾家商店購買食物。商店裡架子很多，但大多空無一物。民眾以很長的隊伍，排在僅剩下幾樣食物的櫃台前。在俄羅斯，購物意指排隊。比起大陸，這裡商品流通的狀況要更糟。哥倆從這家店逛到那家店，從這個架子看到那個架子，轉來轉去，最後才決定兩個要買的櫃台。他們把盧布分配開來，分頭去排隊。半個多鐘頭後，兩人才買齊了乳酪、肉片和幾個小番茄。

送他弟弟到火車站，我要幫維進提行李，他卻請我幫他弟弟提。這車站和所有西歐的大火車站一樣，封閉式，沒有剪票員。不過西歐的車站早已煥然一新。這火車站似乎只是原封的保存了四十年。找到他弟弟的車廂，放好行李，哥倆站在月台上有一句沒一句的閒談。有時候，他弟弟一手抹在火車上，一邊伸開手足，擺成一個平衡姿勢，維進幫他調整身段位置。有時候，他對我照相機的自動對焦功能顯得興味十足，要幫我們照相。

月台上有小販就地賣起煙酒、餅乾和水果。我看那簍子裡的梨子還算漂亮，揀了三個，他要價一美金。這在此地算是昂貴的消費，維進聽了吐了吐舌頭。我習慣的用台灣的物價換算了一下，覺得便宜，沒還價就買了，要給他弟弟帶著吃。維進推辭不過，很感激的接受，一直道謝。「謝謝。」他弟弟接過這三顆梨子，也生硬的說出這可能是他唯一知道的英文字，我突然有種很深的難過湧上心頭：同樣是人，只因為國家經濟政策的錯誤，就得承受錯誤的懲罰。這三顆梨子在台灣，掉在地面都未必有人揀，根本值不起這般的道謝。我想起家鄉的長輩在茶餘飯後，總是叮囑年輕人要惜福，因為福不常有。他們總說：台灣不是一開始就是這麼好過，多少年前，大部分人家也都吃不起一顆蘋果。我一向覺得，國民生產毛額是個膚淺的指標。但有時候，卻又像眼前這般的真實殘酷，把各個國家區隔在不同的數值間。

他弟弟又從背包裡掏出一小瓶麥酒，三個人傳著喝。直到火車緩緩駛動，大家才依依道別。

晚上，我到波修瓦戲院觀看維進舞團的演出。

戲院果真富麗堂皇，不負盛名。七層席位，環環相疊的拱向天頂。處處雕樑畫棟，金碧輝煌，舞團的演出也非常精采。我有時候用望遠鏡跟隨著每個舞者的表情、手勢和步伐。有時候放下望遠鏡，欣賞他們手舞足蹈間整體的協調。整整三個小時，看得目不暇給。舞者純熟的舞姿，把故事和音樂中的悲和喜，融入每個瞬間的身形變換中。同時也牽動我的情緒，隨舞中的悲傷而悲傷，快樂而快樂。維進不是台柱，一會兒從舞台這頭出來，幾個跳躍迴身，又從舞台那頭轉了出去。這些舞者盡力要把人身上最美好、卻很短暫的肢體動作，舞入永恆而完美的音樂中。舞者隨音符而起落、旋轉、暫歇、驟急，用身體表達音樂，用身體陳述劇情。終場時，所有舞者以連續快速的空中跳躍和翻轉，帶起樂曲旋律直至最高潮。謝幕時他們汗水淋漓，我也看得情緒翻湧。場中響起激賞的喝采。舞者在台上手拉著手，維進站在左邊，他看不見我，但是他一定知道，我也在人群裡為他們歡呼。

四面的燈光打向舞台，把整個戲院的壯觀氣勢全都聚攏上去。掌聲未絕，兩邊的簾幕開始拉上，一個個舞者隱入幕後，維進終於也看不見了。

改革之路

新聞報導裡，俄羅斯常有一夕數驚的變化。原本猜想俄羅斯現階段的社會必定處在混亂中，沒想到在這裡的第一印象就是秩序。

百貨公司裡人山人海，擠得水洩不通，和大陸的百貨樓一樣。但有個驚人的不同：走道上人潮雖擠，但都是排隊進入展示廳。廳口有管理人員控制進入的人數，因此廳外雖擠，廳內卻永遠寬敞。

莫斯科的地鐵系統應該是全世界最好的，遠勝英、法、德等國。地鐵洞道之深邃、路線之暢達，宛如一個可以備戰中的地下碉堡。內部十分潔淨，班次頻繁亦勝西歐，廊柱和洞壁上都有精心的雕飾。記得有個站，每根柱子的側邊，都刻有一個匿藏的魁梧士兵，整個地鐵站約有一排兵力。在洞道熹微的光線和沉鬱的氣氛中，這些潛伏待命的士兵，更顯得陰惻恐怖。至於其他地鐵站中的美侖美奐，更是世上絕無僅有。在尖峰時段，湧入地鐵的群眾真是排山倒海。尤其是乘著向下的電扶梯俯望時，更是見得萬頭鑽動。雖然如此，但秩序絲毫不亂，和倫敦的地鐵管制一樣。電扶梯上下兩端設有鐵欄，機動的隔開進與出的範圍，避免兩股人潮的僵持或衝撞。台北將來的捷運系統，擁擠是無法避免的。不知道當局是否已將人潮的疏導，考慮在站內的通道設計中？

火車站裡，排隊的隊伍很長，但奇怪的是沒有人插隊。為什麼他們不插隊呢？不是供給不足嗎？記得小時候買火車票時，我總仗著個子小好鑽，扭擠過堵塞在票口前的人團，把小手探進票口裡買票。買到之後再使盡全力，蹬著票口前的牆壁，從大人的胯腿間用屁股撞開一條縫。最後，人就像拔軟木塞一樣的猛然拔離人團。為什麼莫斯科人不去擠？難道爭先恐後不是供不應求下的必然現象？為什麼他們沒有和過去台灣，或現在大陸一樣的發展軌跡？

這幾天我常去一家維進介紹的小館子用餐。由於是地方小吃，進出的全是尋常民眾。這裡看到的也是秩序：剛進門的顧客自動排隊，等待侍者招呼。館子裡並沒有隔間，但卻被清楚的分為四個區域：一區正在點菜，一區正在送菜，一區已經差不多用完要準備付帳。侍者不慌不忙的依序處理各區的進度：顧客首先被帶引到某一區，一桌一桌的坐下，坐滿了方可以坐下一桌，否則會給嘟噥和白眼。坐定後開始看菜單，十多分鐘後大家一起點菜。再過十分鐘一起上菜，顧客不心急，侍者也悠閒。除了這三個區域外，明明還有一區閒置。但侍者覺得會忙不過來，不讓顧客進門坐下。

這樣的服務型態未必優良，但特別的是俄羅斯人心中要求秩序的因子。這個因子同時存在於百貨公司、地鐵、火車站、餐館、博物館、音樂廳，以及日常購物中。這和我原先的想像差距甚大。在台灣接受到的資訊中，有關俄羅斯的不外乎政變和金融風暴。這些固然不假，只是沒有想到他們在日常生活中，仍然這樣的保有秩序。和中國大陸相比，同樣是一黨專政，同樣面臨經濟困局，同樣要以開放為改革與重建的手段，卻因為各自不同的歷史發展背景，而衍生出不同的社會現象。

大陸方面，通訊、運輸等基本建設，以及近十年來累積起來的商品流通經驗，都比俄羅斯完善，人民幣也比盧布穩定。莫斯科和聖彼得堡的商品，總愛用強勢的美金和馬克來訂價，擺明了不信賴盧布系統。俄羅斯政府知道國內物價水準遠低於國外，只得規定商品不得隨意以郵包的方式外寄，免得湧進來的觀光客把「價廉」的貨物全都掏空。但大陸顯然更精明些，創造了「外匯券」的制度，禁用美金。這一則保障自身的幣值系統，二則容易操控匯率，以搭配資本主義國家的物價水準。官方腦筋動得快，民間也不遑多讓。在中央政府喊出「摸著石頭過河」、「能富的先富」、「不論黑貓白貓，抓到老鼠的才算好貓」的口號之後，民眾向財富衝刺的動機，已從過去吃大鍋飯的積習中被勾扯出來。雖然自由經濟中必須相互搭配的許多制度和倫理都還來不及建立，但一切可以暫緩或犧牲。過去大躍進與人民公社時代，每天的新聞總報導著東邊種出大白菜、西邊長成大蘿蔔。如今則是某某企業大放異彩、某某工廠又創新績。經濟特區裡開荒闢土，移山填海。一片的灰撲撲、赤裸裸，原始的資本主義在運轉。

經濟發展雖然不如大陸，但文教方面，俄羅斯卻根基深厚。政府很注意維護博物館、劇院及建築。例如聖彼得堡的「愛爾米塔什博物館」、「俄羅斯博物館」，與莫斯科的「普希金博物館」、「特列季亞夫畫廊」，在世界上都具有舉足輕重的地位。而民風尚文，一到假日，博物館前就蜿蜒著漫長的隊伍。歌劇、音樂、芭蕾、戲劇，均為民眾休閒生活的一部分。讓我納悶的是，前蘇聯不也迫害甚至放逐藝術家嗎？為什麼這政治力的干預沒有像大陸一樣，斲喪了整個社會的思想、文化、風俗、習慣？兩國雖然同為共產，但在秩序和文教方面，俄羅斯顯然同於西歐，迥異於大陸，當然也遠勝台灣。

俄羅斯的博物館和劇院，不像台灣的故宮只是門面的裝飾。這真正的使我惶恐起來。俄羅斯只要捱過眼前的難關，雨過天青後依然是個頂天立地的民族，而台灣呢？如果有一天台灣的經濟不再風光，是不是會變得像那些大洋洲上的島嶼一樣的平凡，勉強成為以陽光和海灘來作宣傳的渡假小島？

我想我們要找出路，一定要使台灣成為亞洲經濟和文教藝術的中心。改革、重建與秩序，不僅是俄羅斯民族面對的課題，也同樣橫在大陸和台灣之前，是個無法迴避的挑戰。

波蘭

馬丁的婚禮

「這就是波蘭，這就是波蘭人！」車子裡馬丁氣憤的一直數落。為了幫我預訂華沙到布拉格的火車票，馬丁對售票小姐的態度頗為惱怒。我持有的周遊票上寫的很清楚，不必再付預訂費，但售票小姐堅持要付。馬丁拒絕，她就不肯給票。馬丁去找票務中心，結果根本無人值勤。馬丁要我明天直接上車，然後據理力爭。

幾個月前我在法國一所語言學校讀了三個星期，馬丁是同班同學，住華沙。最近路經波蘭，便順道拜訪。他很好客，一定要我從青年旅館搬到他家住。於是我白天出門遊覽，晚上回宿他家。今天一早我去參觀阿盧維茲集中營，回程時在克拉科錯過了末班火車。為了信守和馬丁在車站之約，只得花一大筆錢，雇車趕回華沙。抵達華沙車站時已是深夜，撥了電話給馬丁，他立刻趕了過來。

「還好沒出意外。」見了面，他如釋重負的說。原來他已經來車站找了兩次，都沒等到我。

「沒事的，錯過火車，計程車慢多了。」

「你對波蘭的治安倒比我們有信心。」他笑著說。他家共有兩層門、五道鎖，還覺得不安心，華沙的偷盜問題似乎很嚴重。「走，上車吧，你不是還得預定座位嗎？早點辦完，葛莉塔還等我們呢。」葛莉塔是他太太。

結果折騰了半天票沒辦妥，他一路上就談起波蘭種種落後西歐的社會狀況。回到家，他太太已久候多時。馬丁在客廳沙發上坐定，還餘怒未消的向她發牢騷。葛莉塔看他氣急，只是陪笑著聽。

「來，請用。」她端出檸檬茶和三明治來招待。這是她拿手也是唯一會作的菜。前幾天我在食品商店，順手挑揀了些雞肉、粉絲、玉米等，湊合了幾道中國菜給他們品嚐，夫婦讚不絕口，認真的要和我學。我順口問起波蘭菜，葛莉塔總是支支吾吾，講不清楚。馬丁後來才告訴我，她除了三明治外，不會做菜。

咬了口三明治，馬丁很委曲的轉過頭看著葛莉塔：「還是滷雞腿好吃。」滷雞腿是他婚後第一頓非三明治、檸檬茶的家常晚餐。

葛莉塔笑了，氣定神閒的說：「早就告訴你我不會做菜，是你自己要結婚的，不能怪我。」她溫柔的坐到馬丁身邊，輕輕吻了一下。

「給你看個特別的東西。」馬丁神秘的對我說。

打開電視，啟動錄影機，螢幕上出現一些波蘭文和符號圖案。葛莉塔先笑了起來，原來是他們前年結婚時的錄影。

這是個有禮有樂、盡情盡興的婚禮。

婚禮分為四節：先去公證，然後在女方家中告別雙方父母，接著上教堂，最後是慶祝宴會。

公證，只是在政府公證處簽名，形式上交換戒指，非常簡短。

告別父母時，馬丁他倆一起跪下。岳父拿著小十字架，輕碰他倆的嘴唇，再給予親吻祝福。然後十字架傳下去，岳母、公公、婆婆，同樣依次進行。成婚的馬丁顯得興奮害羞，有點手足無措。葛莉塔倒是十分鎮定，一直微微笑著。之後，畫面裡出現了一輛總統型大型豪華轎車。

「婚禮是一生大事，非租不可。」兩人異口同聲的說。

教堂中，新人站在神父面前凝神聽示，所有來賓也都起立觀禮。聖潔的音樂迴盪在崇高肅穆的琉璃瓦下，不斷的騰空昇華。接著跟讀誓言：在神父面前，雙方各自許下公開的承諾，交換戒指、領受聖體。儀式結束後，馬丁低頭給妻子深深一吻，在眾人的簇擁中走出來，接受獻花和歡呼。

雖然是看錄影帶，但我仍感覺到他們婚禮中濃濃的恩愛。這時馬丁早已將買車票的悶氣拋到九霄雲外，摟起妻子坐在腿上，笑開了口，對著每個畫面指指點點。螢幕上，這對新人出了教堂。朋友們把一袋袋的硬幣灑向天空。他倆跟著拿起小布袋，俯身把散落一地的銅板揀回來，接受大夥兒的鼓掌慶賀。這個習俗，也是財源廣茂、衣食無虞的象徵。

「早知道通貨膨脹這麼嚴重，那時應該丟紙鈔才對。」一旁的馬丁有感而發的挖苦。來到華沙，才見識到通貨膨脹的厲害：一瓶可樂就值上萬元。寄個包裹，郵票貼得沒處寫地址。買個東西，得把標價先刪去幾個零才好換算。

教堂門口，馬丁夫婦陪同父母，以握手和親吻向親友致謝道別。這點和台灣的喜宴完畢，新郎新娘端著喜糖在門口送客相同。只是我們多了敬酒一節，一般喜酒，席開十數桌到數十桌不等。四處敬下來，新人不醉也半倒。常常在最後握別時，看到新人頭昏眼花的強作笑容。婚禮像是一場應付所有親友的硬仗，而非令人由衷盼望的溫馨典禮。

馬丁婚禮中的某些元素，是台灣目前的婚宴中難見的。以教堂的儀式來說，婚禮於莊嚴的場所和音樂中進行，容易讓人感受到上帝的愛、神父的誡勉、親友的祝福。整個時間和氣氛的安排，不但深深讚美了愛情，也讓新人感到無比的隆重與滿足。而上帝面前的誓言，更為兩人的婚姻營造出甜蜜而慎重的開始。這段過程，將是夫妻日後共同珍惜的回憶。甚至在遇到困境時，成為提攜婚姻的助力。這個環節其實在傳統中國的婚禮中也有。人們習知的「一拜天地、再拜高堂、夫妻交拜」，這等同於教堂儀式中的意義：上帝的愛，可以視為謝天與追遠；神父的誡勉，可以看作長者的祝福。但目前台灣民間的風俗中，省去了謝天一節，反而摻入了法院公證的手續，證婚人取代了長者的重要性。甚至加入蓋章儀式，使婚禮變得於法有餘，於情有憾。最大的毛病在於「婚禮與喜宴合併」，就在餐廳舉行。美食當前，人的心意不易純淨。加上酒席擺設阻礙了來賓的視線，進食的喧嘩擾亂了注意力。所以當前面的證婚人致辭、新人交換戒指時，後桌的賓客大多忙於嗑瓜子、撥花生，三兩聊天，獨暢味覺。有的還請來布袋戲、歌舞團助興，更加喧賓奪主。但是吃喝畢竟不是赴宴的目的。賓客祝福的心意只好濃縮在敬酒一刻，總算能當面致賀，以免酒足飯飽後卻忘了此行目的。

我繼續看下去。馬丁他們把婚禮和宴會分得很清楚。向眾人道謝後，他們立刻驅車前往另一個派對。原先觀禮的賓客中，有五十多位較親暱的親友繼續受邀。

馬丁抱著新娘走進會場。在大家仰首飲盡第一杯酒、新人把杯子向背後擲碎之後，宴會揭開序幕。管弦樂齊奏，曼妙悠揚。於是翩翩對對，隨著他倆紛然起舞。

派對中也有鬧洞房的習俗。從搶領結、搶頭紗來預告下一個可能結婚的幸運男女，到頑皮的爆笑遊戲：馬丁站在椅子上，大家找來一顆拳大的雞蛋，要葛莉塔從他左邊褲管下塞進去，再慢慢從右邊褲管推出來。成套的燕尾服恰好合身，多一顆雞蛋就很彆扭。尤其在腿際，如果一次不成功，更是難上加難。葛莉塔輕柔的試了幾次，都推不過去。她看了周圍早已笑得東倒西歪的親友，便粗喇喇的大把撈弄起來，硬是把蛋擠了過去。一位伯伯接過那蛋，假裝燙手的頻頻吹氣。跟著夫妻換過位子，馬丁得把一支鑰匙放在葛莉塔的小腹上，慢慢從前胸推出來。又有一項遊戲，請來一群女賓，坐成一排，裸露右腿。馬丁矇住眼睛，要在撫摸中找出哪一個才是葛莉塔。幾個阿姨嬸婆也興沖沖的跑來湊熱鬧，故意興奮的尖叫。接著又找了一排男士袒露前胸，讓葛莉塔憑觸覺辨認出丈夫。然後是遞小木棍的遊戲：所有來賓站成一圈，用大腿夾著小木棍向前傳。腿側肉弛，不易夾穩。於是傳接雙方的腰股間，就有千奇百怪的吻合鏡頭。

遊戲間歇著各種舞蹈，快舞、慢舞，或是雙人舞、團體舞，應有盡有。從齒牙動搖的老太大，到滿屋奔跑的小孩，所有親朋好友都來跳。每當音樂揚起，那五、六十歲的老太太，也都故作嬌媚的拉抖裙袍，和老伴姍姍入舞。年輕的男女更是興奮的、放肆的、柔情蕩漾的沉醉舞中。有的男孩把女孩抱在手上，有的大人和幼童一對，有的父子、姊妹成對，有的一家三、四口拉手共舞。團體舞中，更多激昂高亢的節拍，老少攜手，隨音樂穿梭在餐桌間。年輕人汗流浹背，老先生老太太更是氣喘吁吁。大家對這音樂像對結婚進行曲一樣清楚，人人會跳會唱。音樂、歌唱、舞蹈，把所有人的情緒引向忘我的歡樂中，似乎是一曲全民族共通的樂舞。

我第一次看到這類舞蹈，是在西班牙的巴塞隆納。那天傍晚，我閒逛到一個教堂廣場，看見一支樂團，正在調音準備演奏。不一會兒，一管小喇叭忽然高亢的揚向天際，管弦樂團裡的各個樂聲接次響起。廣場上原本散亂的人群，便漸漸走成一個個圓圈。人們把皮包、披肩、手提箱等等隨身物品，全堆在圓圈中央，手搭著手。路過的行人不時的加入，愈聚愈多，舞圈愈拉愈多。我好奇的觀看，碰到一位鬚髮斑白的老人。他熱情的要教我跳舞，牽我走入舞圈中。

「聽、聽。」老人反覆說。他要我細聽音樂中似乎模糊、實而清晰的旋律。我才恍然發現：人們其實是隨著隱藏在音樂裡的旋律在舞。這旋律像珍珠鍊的串繩，把所有人的腳步都串接起來。舞步飛躍、交疊，在管弦鼓合奏，或是微帶哀傷的小喇叭低鳴中，令人感到一體，感到相依。特別是樂聲齊響時，急切的拍子隆隆湧到時，人們直了腰，輕靈的彈跳。神色由愉悅變成激動，互搭的手變得緊張而暖熱，場中翻騰著「緊握彼此的手，跳過這一段」的氣氛。

在場的許多老人在這段驟急中都閉著眼睛，抿合著嘴唇，盡力的跳起來。而年輕人則是非常肅穆而規矩的踏著腳步。舞曲在這個段落中感覺不到個人的歡愉，卻是全民族的和合。音樂如風，舞者如草，在教堂前的餘暉中一波波的相迎相接。教我跳舞的這位老人年逾八十，舞歇時還閉著眼哼唱旋律，這舞顯然伴隨了他一生。其實何止是他，場中從幼年、青年、到老年莫不共享這舞。老人在喃喃哼唱中，心中是怎樣的思想起？

音樂再起，人們再度融情樂舞。就這樣三個小時過去，到了最後一個音符時，所有舞者用力跺步，彎腰推手，竭力喊出「威斯卡、卡達隆尼亞」。舞畢，和我跳同一個圈子的人都熱誠的過來和我握手，讚美我，給我祝福。樂舞深深的滋潤人心，統合感情，這是我第一次體會到。

比較起來，馬丁宴會上的舞簡單的多，但也像巴塞隆納的舞，人人能歌能和。舞，是宴會的重心，讓賓主共樂。婚禮除了先有教堂中隆重虔敬的典禮外，還有痛快的、暢悅私情私誼的狂歡。對新人而言，一生只有一次，如何可以不盡興？對親友而言，也是想趁著這人生一喜來歡鬧起哄。而盡興和歡鬧，是無法在教堂的氣氛中放開的。因為儀節貴在莊嚴，樂舞求盡情性，所以這婚禮中的「禮」與「宴」分開。中國人的婚禮泰半喜歡在飽足的熱鬧中安心，他們則在舞宴的狂歡中盡性。馬丁的派對一直持續到凌晨五點，才在最後一次的擁吻中散去。

看完錄影帶，有種一夢初醒的感覺。我明天就要離開波蘭，葛莉塔又切了幾片麵包，大家邊聊邊吃。

「以後有什麼打算呢？」我問起馬丁。

「再受個專職訓練吧，看看收入能不能改善，」馬丁啜了口茶，難掩苦惱的神色。他是木工，薪水很差，生活壓力很大。過去在法國上課時，他總顯得憂鬱，「葛莉塔在日商公司作秘書，已經很不錯了，但一個月才兩百美金，這裡還天天通貨膨脹。不過想想，我們有房子、車子已經很不容易了，不敢再存奢望。國家的經濟差，我們也不好過。」

是啊！國家經濟差，別說生活水準差，自然風景也跟著落後。方才我從克拉科趕回華沙，兩大城間沒有高速公路，全是鄉間道路。而且一離克拉科，就感覺愈走愈荒涼。不像在法國、德國，車一離開城市，就愈走愈像個世外桃源，彷彿看不見一根雜草，全是由最美麗、最純淨的顏色塗成的大地。其實法國和德國的國土哪裡是天生就比波蘭美呢？

「我們還算好，」馬丁繼續說：「許多家庭連到波羅的海海邊，渡個週末的能力都沒有。因為帶小孩去的費用，就要耗去夫妻一人月薪的半數有餘，更別提出國觀光。更多的家庭一星期只買星期五的報紙來節省開支。這兩年的生活壓力愈來愈大，對中老年人是加倍沉重，他們必須盡力節省夏天賺的錢，才付得了冬天的暖爐費。」馬丁用波蘭語和葛莉塔說起來，間著幾聲歎息。聽他們講生活的問題，我沒有搭腔，也不敢安慰。安慰和風涼話，不過是一線之隔。

這夜我們聊得很晚，從波蘭、台灣一直說到法國。「早點休息好了，」馬丁站起身說：「明天一早就得趕到車站。布拉格離華沙很遠，我也沒去過。」他笑著對葛莉塔說：「現在，倒像是台北到布拉格比較近了。」

捷克

江南風光

荷蘭北部的桑塞史康斯，是個小城，像浮在綠色田野裏的小島。一條舒蕩蕩的大河，接納了沿岸的運河和水渠，靜靜流向外海。河上有船家通行。橋是活動的，遇有大船，橋端會放下柵欄，阻斷車輛通行。然後揚起橋面，讓船隻順利通過。河岸人家是一派綠牆、白窗框、白簷宇，鮮艷的色彩像是剛剛才描上去的。屋舍、風車、蘆葦，穩穩當當的鑲合在大自然中。

這一帶地近北海，海風長驅直入。天幕上巍峨的風車，隨風呼呼的轉動。牧地上蔓延著飽滿的綠色，亮麗的藍天下視野三百六十度的展開。漫步田埂，影子梭遊於水面，清澈的水彷彿伸手就可掬飲。這些田埂，引向成叢柳樹後一個個寧靜的綠水人家。住屋的門前彎著渠道和拱橋，橋上一扇及膝的小木柵門隔開內外。門後園圃上，花草抖擻的肆放。鬱金香更以佼佼者的神態，一簇接一簇挺著豐腴的花苞。柳樹新發的長芽，垂在水中浸出一片青翠。屋子在貝殼鋪成的花徑間微微的架高。

城裏的人家都騎腳踏車，一些學生戴著隨身聽，在風中縮著頸子邊哼邊騎。也有硬朗的老漢爬上爬下的解開風車的帆布，鬆開扇葉的絞繩，準備啟動風車。運河這頭，三兩成群的是悠閒的人和天鵝。拱橋下一葉撐篙的扁舟，和銜著蘆葦的水鴨優雅的照會。這蔓草曲徑、拱橋木籬、飄浮波面的黃葉、倒折入水的蘆葦，甚至是隻啄理羽翮的天鵝，都讓我的心思輕盈，不自覺放緩了腳步。

城裏運河遍布，渠水澄碧，煙柳垂情。河上輕舟橫去，痕開水中影。這樣的小橋流水人家，已經有十足的江南消息。

捷克的首都布拉格，也是這樣一個為水歌誦、被水青睞的城市。

跨河一道古橋，兩端拱門相對，橋上的人物雕像慈悲安詳。深長舒緩的流水，和橋面上踩得有些彎凹參差的石板，充滿了歲月的蒼涼。細雨迷濛中，古橋隱去了赭黃色的斑駁，透顯出橋壁上漬黑的痕跡。彷彿一株老松，樹根結結實實的紮在河水和時間上。

環河一帶，皇宮、教堂、劇院拔地而起。高聳的尖塔接續不斷，堂皇雅緻。這裡的巷弄曲曲折折，到處瀰漫著濃郁的古風餘韻。老樹有情、街燈有情、甚至鐘聲、陽光、風中的飛鴿也都意趣無窮。這一切，因這有情的美而脫盡物形，平凡至極，又唯美至極。任誰走在這裏，遙望一水悠悠，都會因而憑想起布拉格的古今歲月及其歷史光榮。

啊，人間真有這樣的城市。這莫非就是中國的文人雅士傳頌的江南風光？如果是的話，那麼從荷蘭到比利時，以及於整個歐洲，有江南風光的小村落，真是不知凡幾，數不勝數。至於一國的首都或是各地的大城更是如此。愈是城中心，愈是古意盎然，全城都飄著一種說不盡的、來自光陰和歷史中的情味。

閒時，我又把錢賓四先生的書拿來翻閱，赫然看到一段文字：「專就蘇州城而言，遠自唐代，近迄清代。其園亭建設之勝，冠於全國，亦可謂其超出於全世界。清之晚季，日本逼開商埠，乃劃城南區與之，但蘇州人迄未予以開發。及滬寧鐵路興建，又在城北闢成一新商業區，而城內舊形態依然保守不變。果使國人有遠識，能永保此蘇州城內之舊形態，則可供全世界人參觀欣賞，當遠在義大利文藝復興時諸城市之上，亦可活現出中國社會自古相傳之一種特有面貌，而惜乎最近數十年之改變，今已無可期望矣。」

這段文字我以前讀過，但早已輕忽忘卻，如今旅歐半載再讀，可謂驚心動魄。這不正是布拉格的註腳嗎？小橋流水，引人留步。城中的典雅氣派，讓人目不暇接。捷克的歷史，就這樣無比軒昂的顯在古橋、尖塔、巷弄裡。縱使遊人對其歷史一無所知，也曾讓人在頻頻的仰首驚歎中，佩服而喜愛這個民族。在歐洲，沒有一個國家不把歷史拿來展現，藉以彰顯自己國家的風格，博得其他民族的尊重。

這段文字我誦讀再三，這不就是倫敦、巴黎、柏林的都市計畫者心中的審美觀嗎？再逐一回想阿姆斯特丹、布魯日、牛津、聖彼得堡等等城市，無一不是如此。錢先生所企盼蘇州城的未來，大陸顯然沒能遵從。反而歐洲各國，從資本主義的英國、法國、德國，到共產主義的波蘭、捷克、俄羅斯，對城區村鎮的建設，竟然達成了錢先生的想望。當今世人的旅遊，莫不以參觀歐洲舊市街、教堂、城堡為羅曼蒂克的嚮往，號為中世紀的浪漫。歐洲近代雖然飽經戰禍，然而今日各國各城，依然活現著其民族其社會自古相傳的特有面貌。反倒是如今的大陸，又從哪裡去呈現自古相傳的特有面貌呢？

人們常說：「地入江南，最是有情。」有什麼情？我想，那就是一種串連了古今時空，揉合了自然和人文之情吧！

卷三

旅人足跡

美國

奈何橋

簽證，是旅行中最大的變因和障礙。打從離開台灣開始，就一路跟到現在。第一樁麻煩是在新加坡遇上的。

一大早，就趕到國際機場。我興奮的向新加坡航空公司的櫃台小姐，辦理從新加坡飛往加德滿都的登機手續。想到今天就可以親眼目睹聞名的喜馬拉雅山，不禁從心底歡喜起來。

「請你幫我排在右翼的窗口座位。」我遞了機票和護照，然後把背包放上行李輸送帶。

半晌，櫃台小姐還低著頭，像在翻查什麼。「沒有右邊窗口的座位了嗎？」我有點擔心，因為只有那一排的座位可以欣賞到喜馬拉雅山的晨曦。

「喔，不是，我找不到您的簽證。」那位小姐抬頭說。

「我要入境的時候才辦理落地簽證。」

「好像不行。」小姐的眼睛對著電腦螢幕，面有難色。「請您稍待一會兒。」她站起來，走到後頭找來一位老職員。兩個人來到電腦前敲了半天鍵盤。

「不行。」老職員篤定的說：「我建議你到你們駐本地的辦事處去問清楚，不過今天是星期天，你得明天再去。」

「不可能吧，台灣每年多少旅客到尼泊爾去，全是持落地簽證入境的，您再查查看。」我開始緊張起來。

於是老職員帶著我去見另外兩個主管，我拖著背包跟在後面，知道不妙，像是個無助又不知道做錯什麼事情的小媳婦。在查詢的同時，我也打電話到台灣的旅行社求證。旅行社的回覆是不可能，前一陣子春節還出過很多團到尼泊爾，全是落地簽證。

「肯定不行。」兩個主管看著電腦，一致的說。我所有的解釋和辯述，都無法和電腦裡的資訊對抗。

沒奈何只好走開，機場內並沒有台灣或尼泊爾的辦事處，我只有兩個選擇：改去印度，或是辦妥尼泊爾簽證改搭下班飛機。但這兩個選擇都很麻煩。我先回到訂票處，候補下一班到印度及尼泊爾的班機，順便再請櫃台小姐查一下，是否台灣人真的不能申請落地簽證。她很熱忱，幫我叫出電腦資料，同時把螢幕轉給我看。螢幕裡閃爍的遊標帶出一串英文字，這些字像釘子一樣，直接釘在我的腦子裡：尼泊爾政府拒絕持有台灣證件者的入境及轉機。她又翻出一本通行於各航空公司的規定手冊給我看，在尼泊爾下面第一條的後半，就是有關台灣的規定，和電腦資訊一模一樣：不稱國號而稱台灣、避用護照一詞、拒絕入境及轉機。白紙黑字，斬釘截鐵。翻到手冊的最後一頁，是本月最新版的。

怎麼辦呢？機場不斷傳來班機即將起飛的廣播，我點了杯咖啡坐了下來。理了理頭緒，我想出了第三個選擇：詢問泰國航空公司是否有相同的規定。

在泰航辦公室意外的碰到一線生機。這個生機其實也很險，因為泰航用的手冊和新航是同一個本子。但這位經理看漏了第一條，他直接根據後面條款中有關落地簽證的規定告訴我理當可以。我趕緊央求他代我詢問新航經理，並要求面談。我心存僥倖，重新燃起希望。回到最初被拒絕的報到櫃台後，我又會見了另一位經理。這位經理也是對著電腦納悶，我生怕他與泰航經理對質之後就會看到手冊裡的第一條，便不給他有多餘的時間思考。我強烈的表達出憤怒與不滿。那經理只得回答，根據他們的電腦資料，台灣人要入境尼泊爾絕對需要事先申請簽證，但何以泰航不需要，他願意立刻發報向尼泊爾海關查詢。這位經理建議我回旅館休息，靜待回覆。

中午，他來電表達歉意，因為尼泊爾政府對台灣人設有一種「特別通行證」的名目。這雖然不是簽證，也不是落地簽證，但效用等同。也就是說，我早上未能登機，是他們的錯誤。我馬上要求他為我安排次日的飛機，承諾我通知機場各航空公司修正電腦資訊，並支付我當晚住宿的費用。

這輩子第一次住進五星級飯店。在飯店的游泳池裡，我痛快的游了一下午，慶幸這個意外的正義。尼泊爾政府在外交上明確斷然的拒絕台灣，卻巧立名目，發明此種類似簽證的措施，開了一個歡迎光臨的小門。這既顧全了與北京的外交，也暢通了與台北的利益。新加坡按章辦事，不知檯面下另有奧妙，無可厚非。台灣到尼泊爾觀光的旅客，泰半由香港轉機，香港海關必定早知其中蹊蹺，概予放行。台灣旅客和旅行社不知內情，都以落地簽證口耳相傳。整件事件唯一的錯誤似乎是：我不該在新加坡轉機。

這並不是唯一的麻煩：申請印度簽證，必須到法院取得良民證書。在台灣已辦妥的馬來西亞簽證，由於簽證官忘記簽下大名，通關時被要求三天內必須到吉隆坡移民局重新登記。我在移民局等了七個小時，會見了六位官員，最後拿到一張特別簽證，核予滯留七天。滯留的理由是「打理東西，離開馬來西亞」。為了在馬來西亞度過中國年，我只得回到新加坡，耐著火氣重辦一張簽證，重新入境。

在法國馬賽申請西班牙簽證，簽證官不知道台灣和大陸的關係，指著我護照上的出生地欄裡，登錄的「CHINA」五個英文字母說：「你明明就是中國人，我們不受理中國人的簽證申請，請你回北京去辦理。」可憐我得把中國現代史從頭講一遍。

申請葡萄牙簽證，必須將護照及相關文件寄到里斯本，里斯本再轉寄香港的大使館。全程費時一個多月，且無法保證是否能取得簽證，我只好取消葡萄牙之行。

拿著過期一天的義大利簽證硬闖，在法國邊關被一條狗和一個警察抓到，場面尷尬。所幸被趕下火車後，一車子瘋狂熱情的義大利人都把頭探出窗口，揮手向我歡呼，溫馨感人的要我將來一定要到義大利去玩。

在法國南部尼斯，我照例到遊客中心，詢問有關摩納哥大使館及簽證事宜。兩個櫃台前的法國胖女人笑得人仰馬翻，肚子上的肥肉像是全給笑到了臉上，她們沒有回答我，只是笑得像要斷氣的重覆：「你聽過摩納哥簽證沒有？」

在倫敦申請加拿大簽證，關鍵的問題有二：第一是為何不在台灣申請？我說是因為加拿大駐台辦事處，無法簽發入境日距離簽發日超過三個月的簽證。但真正的理由是我被美國在台協會拒絕，沒有拿到美國簽證。加拿大駐台辦事處據此擱置我的申請，除非我先取得美國簽證。第二是為何不先去申請美簽？我說是因為我已經預約到十天之後，因此先來申請加拿大簽證。實際上是因為如果申請美國簽證被拒，我一定拿不到加拿大簽證，屆時只能取道中南美洲回到亞洲。那位漂亮的女簽證官，爽爽快快的給了我長達六個月的簽證，並祝福我一路順風。

俄羅斯簽證的申請手續最簡單：選好大使館經營或聯線的旅館、決定住宿的天數、指定核發簽證的速度等級（共分三級，費用各異）。最後再說出信用卡號碼，驗證屬實後，不必刷卡也不必簽字。不論邦交國或非邦交國，一律成交。

德國觀光簽證效期一個月，不得延期。我在德國待了兩個多月，共需三張簽證。一張是在台北取得，一張在巴黎取得。本想偷懶想不辦第三張，改辦奧地利或瑞士簽證，屆時坐夜班火車溜出德境。沒想到瑞、奧兩國的簽證官像看穿了我的圖謀，都以我的德簽即將到期為由，嚴厲拒絕，一下子壞了我的如意算盤。由於在柏林遭拒，最近的可能是到漢堡或慕尼黑再作申請，但交通費不貲，何況未必能取得瑞簽或奧簽。情急之下，立刻把護照寄回台灣，轉送香港辦理。半個月後，終於取得這珍貴的第三張德簽，順利離境。

至於我在台灣申請美國簽證的時候，由於預定半年後才入境美國，必須申請效期較長的簽證。我客氣而誠實，結果兩次遭拒。一個朋友說：我未婚、剛畢業、沒有穩定工作，又想申請長期簽證，誰敢相信你要去環球旅行？當然會被懷疑是圖謀入境美國，非法居留。「申請美國簽證，是為自己洗脫嫌疑的過程。」這位朋友很有經驗的對我分析。但現在不同了，由於我已經先取得加拿大簽證，在法蘭克福申請時的姿態就高多了。

那是一個大雨霏霏的清晨。七點多，美國大使館外早已大排長龍，有的撐傘，有的哆嗦著身子，低著頭擠在館外的屋簷外。有的包著頭巾，有的圍了披肩，有的戴了小帽，大概都是東歐、北非一帶的人。當然，和我一樣黑眼睛、黑頭髮、黃皮膚的人也不少。大家一個挨著一個，簇擁著前進。人人手上緊抓著一堆資料和一本護照。護照，是一個人在國外的身份證，骨子裡則是一個國家的國格信用卡。

每個申請者護照本的顏色和花樣都不同，不過有一點是相同的：每本都和我的一樣，裡頭簽證貼得滿滿的。我們這群人，都是因為自己的國家政府不爭氣、沒出息，才得苦哈哈的來此排隊，替自己的國家政府贖點罪。曾經碰到一個美國來的毛頭小子，一臉不解的問我：「什麼是簽證？」這問得我千言萬語，一時也不知從何答起。排了三個小時，我終於從大門、沉甸甸的防彈玻璃門、電子偵測門，經過警衛搜身，到了辦理簽證的窗口。窗口上貼了張小小的美國國旗，像照妖鏡一樣的高懸正中。兩側，貼了對非法移民及運送毒品的醒目警告。一左一右，活像兩尊怒目的護法金剛。

窗口內的窗帘突然拉上，站在我前面的那個人兩眼失望，嘴巴欲開還合，像有天大的冤屈吞下腹去，依依不捨的轉身離開。窗帘再開，我已經理好了服裝儀容，微笑的站在窗口前準備迎接問題。

簽證官是個中年男子，平頭，臉上的肌肉像一旁的窗帘布，條理分明的皺著。他打量了我一番，劈口就用一串德文，質問我為何不能講流利的德文？他大概認定我是大陸留學生。我略陳身分後，就把所有的證件，連同過去申請美簽積壓的怨氣，一股腦的塞進窗口：「這是香港簽證、馬來西亞簽證、尼泊爾簽證、印度簽證、瑞士簽證、法國簽證、荷比盧簽證、西班牙簽證、英國簽證、斯堪地半島五國簽證、俄羅斯簽證、波蘭簽證、捷克簽證、德國簽證，未來要用的加拿大簽證、日本簽證，以及護照、機票、旅行支票、美國運通卡。我希望到貴國觀光，單次出入。你能簽發，很謝謝你；不能簽發，也謝謝你，我取道加拿大回亞洲。」

他還注視著我，臉上突然有了奇妙的變化。他似乎想要微笑，但臉上的肌肉像是僵得成型了，不大聽使喚，他試著咧開嘴巴兩次，活動了一下，把嘴角調到上揚的角度，再咳掉兩聲粗魯低沉的聲音，慈祥的說：「歡迎到美國來。」跟著，窗帘冉冉的拉上。

我回過身來，那蜿蜒在玻璃門和電子門的人群，像是站在凱旋門旁迎接英雄般的看著我，眼中浮現了希望。我不想在這屋裏多留一秒鐘，背起小背包，立刻走了出去。外頭雨停了，我深深的吸了一口氣，有種劫後重生的喜悅。走了幾步，有人從後頭搭上我的肩：「小老弟，您這是怎麼跟他說的？」這是一口正宗的北京腔兒普通話。我回過頭，一個高個子的年輕人，黑頭髮、黃皮膚，嘴邊有些鬍。我看著他，感到共患難的同情，也有點被拖累的厭煩；只得擠出一個笑容，輕輕推開他的手，說：「對不起，我是台灣來的。」

對我而言，各國大使館發簽證的窗口前，好像橫著一道只要我活著，就永遠別想踏過去的奈何橋。

美國

真正的地圖

「啊，真美！」我忍不住的讚歎。

「這就是芝加哥最著名的天空線。」弘文指著遠方向我解釋。我們站在湖邊一處堤防上，向市區眺望。弘文是大學同學，來美深造。晚上剛到芝加哥，他和妻子怡欣在機場接我。兩年沒見，他瘦得我差一點就不認得。出了機場，他先載我到這裡看夜景，怡欣感冒怕風，留在車子裡。

對岸的摩天大樓一幢挨著一幢，高低不一卻錯落有致。樓裡的燈光勾勒出建築物的外型，頂樓的地標信號燈彷彿星辰，在湛藍的夜空中閃耀。「這些大樓都像藝術品一樣。」我感覺這些建築的美中有股強盛的創造力，還包含著一種迎接新社會到來的充沛希望。

「是啊，」弘文說：「芝加哥的都會建築，在世界上可是數一數二的。」

湖風沁涼，一彎弦月在湖裡頭盪來盪去。弘文拉高了衣襟，有點感傷的說：「來到美國之後，就沒看過半座像樣的山。這裡是大平原，東南西北無論那個方向，開車一整天都看不到山。不像在台北四面環山，沒有山真是讓人氣餒。不過湖畔的水霧，常常在摩天大樓間繚繞，看起來倒很有台灣高山雲霧的味道。」他自我解嘲的說。弘文是朋友中最有志氣的，為一個求知的理想來此攻讀社會學。芝加哥大學是這個領域裡一等一的學校。

回到車裡，怡欣問我：「覺得芝加哥怎麼樣？」

「很漂亮啊。」我說。

「我也這麼覺得。但許多外國朋友聽說我們住芝加哥，都很憐憫的搖頭。不過對我們這些在台北長大的人來講，已經是受寵若驚了。交通、綠地、湖水，其實我很喜歡這個城市。」她的話是出國留學生共同的心聲，那是一種帶著感激的喜歡。怡欣已經唸完碩士學位，在本地公司工作。

「可惜南區治安不好，」弘文接口說：「南區是黑人區。」在美國，因為是黑人區所以治安不好，這已經是深入人心的邏輯推論。好比因為烏雲所以下雨，都是很自然的事。

弘文說有朋自遠方來，要接風洗塵，建議到中國餐館吃一頓，我也高興。旅行中為了省錢，吃了上百份麥當勞的漢堡和薯條，其實蠻懷念家鄉口味的。

車子駛進中國城，在一家餐館旁停了下來。下車前，弘文拿出一把拐子鎖，謹慎的鎖住方向盤。然後沒有解開安全帶，只是把安全帶拉鬆，身體從帶子下頭鑽出車門。在餐館中坐定，喝了口熱茶，我好奇的問起。他笑著說：「安全帶每次都要繫繫拆拆的，浪費時間，所以用鑽的。至於拐子鎖，」他的語氣立刻鄭重起來：「這時間絕不能省，這是最基本的。照理講，連音響都得拆下來才安全。」

怡欣點好了菜，跟著說：「我們被搶過一次，現在都很小心。」

我嚇了一跳詢問經過，弘文說：「以前我都留在學校圖書館讀到很晚。有一天深夜回家，剛開了外面一道門，準備再開第二道門上樓梯時，被外面兩個潛伏的黑人衝進門來，挾槍行搶。我被關在兩道門中間，進退不得，躲都沒得躲，只好被搶。在芝加哥，搶劫案一點都不稀奇。尤其是南區，三天兩頭就有凶殺的新聞。」芝加哥大學座落在南區，弘文就住在鄰近的宿舍。

「警方也束手無策嗎？」我覺得有點不可思議。

「他們有什麼用？」弘文不屑的說：「那次被搶之後，我立刻報案，來了兩個警察，載了我在旁邊的街道兜了兜，沒轍。我才知道他們有多膿包，他們比我還怕。別說芝加哥警力了，單單芝加哥大學裡的警力就和梵諦岡一樣多，還是不濟事。自己小心才可靠，現在我也不敢在學校讀得太晚。同學們分析：雖然我住的地方不屬於黑人區，但只有一街之隔靠得太近。他們一下就過來了，因此會被搶。」

真是難以想像。一個白天是知名教授雲集、指引人類智慧之路的知識殿堂，日落之後就會變成一處陰森的禁地。更難以想像的是大家都清楚，大家都有默契，只是無奈的讓這個現象存在。

「你看美國社會的種族問題怎麼解決？」我問他。

「他們有人說，要從改善黑人的經濟地位入手。有人說要從提高黑人的教育水準入手，然後就是一場辯論：究竟是經濟不好，所以受的教育不好？還是受的教育不好，所以經濟不好？蛋生雞？雞生蛋？難解。」

「美國各大都會都有嚴重的黑白問題。」我說：「剛到紐約的時候，我去拜訪一個旅途中結識的美國人，順便請他介紹一些市區裏值得參觀的地方。他講了自由女神、華爾街、聯合國、百老匯之後，就把我的地圖拿了過去。」我頓了頓，問弘文和怡欣：

「你猜他做什麼？」

他倆搖搖頭。

「他在中央公園上面劃了一個大叉叉，再沿第一百街劃了一條線，以北全部劃叉。」我在餐桌上模仿他那時候的模樣劃了幾個叉：「然後他非常慎重的說：『紐約有兩張地圖，一張是你原來的，是假的。還有一張是真的，在我們當地人的心裡。我畫給你的這張，才是真正的地圖。』他交代我，劃叉的地方千萬不要去。」

「不過後來我實在好奇，還是去了。」我繼續說：「那個美國朋友也不是唬我，地鐵向北坐過一百街之後，車上就清一色全是黑人，他們的眼光充滿了懷疑和不友善，像是不斷的在質問我：為什麼進入他們的地盤？快滾。那個美國朋友知道我要來芝加哥，問起你的地址。我一說是五十六街，他就搖頭，說是不好。」那個美國人對各大城市危險區的位置，記得比歷史地理還清楚。

「他沒說錯，紐約的危險區在西區和北區，芝加哥是在南區。」弘文苦笑：「芝加哥大學以前是在白人區裡，後來黑人逐漸遷入，白人逐漸遷出，終於成了黑人區。人可以搬家，學校卻搬不走，變成是淪陷在黑人區裡的孤島。平常白天還好，下午一沒課，學生都立刻離開這個區域，絕不逗留。我現在因為課還很多，如果住到北邊，每天來來往往不方便，屋子又難找。等將來必修的課少了，我也打算住北邊一點，省得提心吊膽的，夜裡的校園實在不安全。你知道嗎？最近校警還提供一個服務，晚上學生若是要從這幢樓到那幢樓去，可以打電話要求校警開車來載，護送你到目的地。」這聽來像個神話。

上菜了，怡欣招呼我多吃，這家餐館的味道很道地。

弘文吃了兩口，突然問我：「你身上帶了多少現金？」

「一、兩百美金吧。」

弘文像聽到可怕的事情，張大了嘴巴：「帶那麼多，太危險了。這邊買東西都用信用卡，身上有四、五十美金的都算肥羊了，千萬別再帶那麼多。」

「那我不要帶現金，帶信用卡就好了，免得被搶。」

「那你就錯了。」弘文像聽到更可怕的事情，睜圓了眼睛：「你要是沒帶錢碰上搶劫，他們搶不到錢，惱羞成怒，狠狠戳你一刀就得不償失了。他們殺人是可以沒有理由的，唯一的動機就是你沒帶錢。我們同學之間都互相囑咐，平常出門，身上一定要帶足夠的錢備搶。」這下輪到我張大了嘴巴。

「別盡說這些事，」怡欣打斷話題：「你在芝加哥有沒有特別的計劃？」

「我想在市區四處看看，也想就近到密西根大學去拜訪一位朋友，她說那裡現在深秋楓紅，很美。」

「你明天能帶他去看看怎麼坐車嗎？」怡欣轉頭和弘文商量，弘文點了頭。「很抱歉不能陪你，需要什麼儘管說，別客氣。」怡欣邊說，邊為我斟滿一杯熱茶。

「出國到現在已經十個多月了，都是一個人走。你們陪著我反而彆扭。」我笑著推辭。

第二天弘文載我到了一處天橋。

「你從市區坐高架電車，大概十五分鐘，就在這裡下車。」他指著天橋上的月台，「然後走下來，在橋下等車，只有一路公車可以到。」

「沒問題。」我看了一下說。

弘文調過車頭，再仔仔細細的順著公車行駛的路線，慢慢的開了一遍，「這裡晚上很暗，不太好認。你就記得，車子開過一條彎路之後，我家就快到了。」他一手抓方向盤，一手指著外頭。

「在這一站下車。」車子停在一個站牌旁，「再走五分鐘就到家了。」

從站牌到他家，還要步行一條街。街的東邊是運動場，西邊是公園，弘文嚴肅的告誡我：「這條街就是黑白兩區的分界，那邊像小森林一樣的綠地，是黑人活動的範圍，千萬不要進去。這邊是學校的範圍，比較安全。最好是繞遠路，不要走這條邊界上的街。如果一定要走，」弘文斬釘截鐵的說：「靠路的東側走。」

我相信這不是小題大作，因為剛才在路上，果真目睹一起凶殺案。只見行人驚慌走避，兩個人就倒在血泊裡，橫在路中間，直挺挺的。

三天後我去了密西根。由於回程的火車抵達的時間是晚上八點，我先打了電話給弘文，讓他寬心。

「出了火車站，怎麼換車沒問題嗎？要不要我去接？」

「不用了，沒問題的。」前幾天我都是到七點多，才摸黑回到弘文的家，累積了點經驗。他總是囑咐我要早點回家。

這班車誤點，快九點才進站，這個全美最大的鐵路總站，在黑暗中特別顯得空蕩，像是沒有人煙的地方。旅客散去後，偌大的候車廳堂只剩下一個掃地的老頭，和幾個蜷臥在長椅上的流浪漢。我一個人等車，周圍瀰漫著一種迫人的荒涼，像潛藏著什麼，讓人渾身不自在。

搭上公車，我坐在一位老太太旁邊。她聽說我要去南區，豎直了耳朵驚呼：「南區？你現在要去南區？」老太太流露出一種非常關愛、卻又愛莫能助的眼神：「很抱歉，我幫不上忙，但你要多注意。」

「要多小心。」老太太下車前還回頭交代我。

找到電車車站，月台上等的全是黑人，車子進站後我選了第一節車廂。我想，駕駛員總不會是壞人吧！車廂裡四個人：一個婦人，沒有問題；一個小伙子，嚼著口香糖看著窗外，看來還好；另外兩個感覺有些不善，我暗自加了小心，挑了一個和四個人距離約略相等的座位坐下，一邊看著窗外，一邊留意著所有人的舉動。警覺的意念擴散在全身。我看了錶，果真晚了，弘文一定很擔心。他平常除了研究工作，還要分神應付這種揮之不去的治安陰影，要是心中沒有一種對學術的執著，肯定待不下去，真是難為他了，難怪要消瘦。

高架電車呼嚕呼嚕的向南，北邊燦爛的摩天大樓愈來愈遠，市容也愈來愈粗糙，看到的全是老舊的水泥牆、侷促的陽台、零亂的鐵棚架。當年那些都市計劃的建築師大概料想不到，他們想建立的都市會成這種模樣：咫尺之隔，一邊是高級住宅區，一邊是黑人區。這兩邊的差別並不全在住屋的外觀，黑人區並非貧民窟，也有很雅緻的房舍。這個分別其實是在人心裡。

記得市區最寬廣的密西根大道上有座橋，四個橋墩上分別雕刻了早期的歷史圖案。其中有個主題是紀念「防禦者」，下頭的銘文寫著：白人在紅人的突擊下，如何艱苦的保衛婦孺。而上面的石刻竟是一個威風凜凜，手持長劍的白人，刺死一個緊握匕首、幾乎快臥倒的紅人。天上還飛下來一個勝利女神，幫忙拔去紅人頭上的羽毛。就衝著這個橋墩上的雕刻，白人紅人間的衝突怎麼可能歇止？若非紅人目前的人口比例已經微不足道，否則除了黑白問題，也少不得紅白鬥爭。

車停了下來，先前那兩個黑人，一個下了車，一個笑著和他揮手再見。他這一笑，徹底的笑進了我心裡，化解了猜疑。原來，人世間的善意是這麼簡單。

下了高架電車，我在天橋下等公車。許多黑人三三兩兩的聚著，也在等車。橋下很暗，只有一間小店亮著燈光，我又提起了警覺。天橋上連續過了幾班電車，公車還沒來。這時候走下來一個白人，二十多歲模樣，步伐猶豫，很著慌的樣子。他的眼光四處游移，不斷的尋找。突然，他看到我，彷彿找到公車站牌一樣，快步的走到我面前說：「你好，我想到五十七街，你知道在哪裡等車嗎？」

我告訴他就這裡，和我搭一樣的車。他又客氣的問：是否可以跟著我走？他個子高大，微微弓了身體對我說話，顯得十分謙虛。聽他講話的聲音，我感覺這是我所碰過最謙虛的美國青年。我點頭答應，他很高興，又問起我從哪裡來？我說台灣。

「台灣！」他幾乎是驚喜的叫出聲來，聲音中充滿了信任和輕鬆，好像我是來自世上最偉大的國家。然而我知道，這一切只因為我臉上所擁有的，是從黑色到白色間過渡的膚色。

車上閒聊著，原來他是剛到這裡，要找朋友。沒想到卻迷了路，亂闖亂撞了許久，大概嚇壞了。我的鎮定讓他安心不少。

「你有地圖嗎？」我問他。他拿出一張簡易的地圖，但沒有包含這區，難怪他迷路。這裡偏離城中心，一般的旅遊地圖不會標示。於是我拿出弘文給我的芝加哥大學地圖給他，他很感激的接受。

「慢著，」我拿出筆來，沿著芝加哥大學和黑人區公園邊界上的那條路，直直的劃下一道線。一半認真，一半開玩笑的對他說：「現在，這是真正的地圖。」

這美國青年聽出我的意思，靜靜的低著頭。

下了車，我們沿著那條街走了一段，到了五十六街的路口，弘文的家到了，「繼續往前一條街就是了。」我指著前方說。

他很誠懇的要留我的電話號碼，我笑著婉拒。他再謝了我一次，轉身走去。

我又想起一件事，叫住了他，他回過頭，我笑著說：「靠左邊走，那是屬於你們的。」

看著他無辜的身影，不覺同情起來。這個大湖邊輝煌的都會，過去由美國人一手建起來。將來，這個都會的地圖，也還是要由美國人自己來畫吧！

加拿大

玉珮

剛從史坦利公園回來，那是溫哥華最美的沙灘，有森林和海岸擁抱著。

下午，在沙灘上碰上一場大雨，淋得一身濕漉漉的，趕緊搭了公車回來。到了家門口，想到可以痛痛快快的沖個熱水澡，便三步作兩步的跑上樓。這裡是山恩的家，他是加拿大人，去年到台灣來旅行的時候認識，年初又結伴去了華北和尼泊爾，成了好朋友。這次旅經溫哥華就住他家，這間小公寓是他和另一個朋友格蘭特合租的，不大。

才進門就聽到談笑聲，是格蘭特和一個女孩。女孩長髮披肩，很清秀。他替我們互相介紹，女孩是安莉絲。

「很高興認識你。」女孩聽說我的旅行計劃，很感興趣的從沙發上站起來和我握手，我顧不得還在滴水的頭髮，也向她問好。她個子不高，精神卻很好，像網球場上的選手，輕輕盈盈的，有雙明亮的眼睛。她也愛旅行，很佩服我的勇敢。我給她說的不好意思，低了頭笑。三分謙虛，七分得意。

沖過澡，我回到客廳，他倆還坐在一起，依著說話。

「我到山恩的房間去看看書，」我感覺到客廳裡溫柔的氣氛，識趣的讓到一邊，「待會兒我再出來煮晚餐。」我想格蘭特真是有辦法，這幾天還常看到他一個親密的女朋友來，怎麼今天就變了？或者沒變？同時交往看看也無傷大雅吧？西方人本來就比較大方。嗯，不管人家的私事。我向他眨了一下眼睛就進房去了。

「嘿，出來一起聊聊天嘛，我們很歡迎你過來。」格蘭特隔著牆，扯著嗓門喊著，話裡帶著話。我又窩了幾分鐘，也實在悶不住，山恩的桌上全是一堆政治和瓢蟲標本的書，我一本也看不下去，索性回客廳去，反正是他自個兒說的。

這會兒，格蘭特站在安莉絲身後，拿著梳子輕輕的幫她梳理。格蘭特一頭捲髮，從鬢角一路捲到腮鬍子。平日看他邋遢粗獷，這下倒像變了一個人似的。梳子均勻俐落的滑過每一絲長髮，彷彿帶著十分的愛惜。他正說著他在印度的冒險故事。因為喜愛印度哲學，前年他獨自闖進印度的德干高原，像僧人般的去尋訪生命的道理。女孩有時說話，有時沉默。說話的時候，聲音清亮又很風趣。沉默的時候，又像有點出神，沒在聽他講話。我看天色晚了，就到廚房作菜。

山恩回來了，也是古怪。他一進門鞋沒來得及脫，一個箭步就跑到客廳，一下子把坐在沙發上的安莉絲抱起來吻了兩下，如羅蜜歐向茱麗葉求婚般的直呼她的名字。和山恩打了招呼，我自顧煮著大夥的晚餐，偶而也回頭瞧一瞧，和他們搭上兩句。

山恩愈來愈古怪。他向著她跪了一腳，兩手扶著她的腳替她按摩。他在搞什麼名堂？女孩不知道是怕羞還是怕癢，一直笑。笑聲很甜、很悅耳。我看得糊塗，也不方便問。突然，山恩扶過她左腳，一下子抽掉她的襪子，繼續捏拿起來。那襪子順向朝我這裡飛來，我滿肚子狐疑，乾脆裝傻：「嘿，丟準點，別丟進晚上的湯裡。」

鍋裡的牛肉還在燜煮，大家坐到飯桌旁等。格蘭特還梳著她的長髮；山恩一會兒為她按按手臂，一會兒替她理理衣襟。他倆像極了美容院的兩個師傅：一個修頭髮，一個作美容。山恩從進門就沒說什麼話，只有嗯嗯啊啊的附和。不過倒是一直微笑，淺淺的、滿足的、像先生看待妻子一樣。桌上點了兩根小蠟燭，三只斟好酒的玻璃杯。我坐在她對面，講著這一年的經歷，像一千零一夜裡為陌生的國王說故事，一個接一個。我講得興起，她也聽得入神。格蘭特有時候會沒來由的插上幾句，胡扯一遍，大家就笑成一團。

飯後我要到城西，正好安莉絲順路能載我一程。大家走出屋外，夜不深，但是街道黑壓壓的，窸窸窣窣的蟲鳴聲此起彼落。雨點飄飛，隨著霧氣上上下下的游移，很舒服的冬夜。

別過山恩和格蘭特，車子慢慢駛在靜悄悄的大街上，我們隨興的聊。我說的多，她聽的多。慢慢的，我覺得車子裡有另一種靜悄悄。

「他們告訴你了嗎？」

「什麼？」我不明白的看著她。

「喔，沒事，」她繼續看著前面開車，「山恩常提起你，他很謝謝你在尼泊爾的幫忙！」山恩在尼泊爾山區因為吃壞肚子，腹瀉得很厲害。下了山，我帶著他在醫院找醫生，好不容易止住了病勢。他回加拿大後，足足瘦了十公斤。

「沒什麼，是他運氣不好，大概也有點水土不服吧。不過他也夠堅強的，一步步硬是挺了下來。換作是我，早也倒了，」從山區回到最近的城市要兩天的時間，「他剛開始不舒服的時候，我們還在往上爬，他知道身體支持不住，不能再往上走，說什麼也不肯讓我送他下山。他堅持留在原地等我，要我繼續爬上去，替他看到那座八千多公尺的安娜普魯那山峰。替他看山作什麼？他是不想拖累我。」我頓了頓：「他真是個好人。」

「是啊，格蘭特也一樣，他們都是好人。」安莉絲若有所思的說。

城西在小山丘上，車子愈爬愈高，可以看到整個市區璀璨的夜景。最遠處就是史坦利公園的海灘，那裡沒有燈光，像個睡得很安詳的小孩。車子裡又回到剛才的靜悄悄。

「我有個男朋友，」安莉絲終於開口說話。

「嗯。」我轉過頭看她。

「他剛去世。」她一個字一個字的說。

「什麼？」我一下子醒了過來。

「上個週末晚上，他說要到我那裡，我到深夜還等不到他。最後接到一通電話，才知道他被車子撞到，人在醫院急救。等我到了醫院，他已經死了。」

「什麼！」我好久不敢喘氣，懷疑我的耳朵。

「山恩和格蘭特是我們的老朋友，怕我傷心，這幾天總來逗我笑。他們真好，沒有他們，我不知道怎麼過以後的日子。」

我一晚上的納悶全散了。格蘭特沒有另結新歡，山恩也不是按摩師，他們只是她的朋友，最好的朋友。車子緩緩的開，外頭的黑夜，像人生不可捉摸的命運。脆弱的生命不過就像這輛車，只能向前駛去，誰也不知前方有什麼。我們幾次眼光相對，她的眼睛像突然老了十年，好憔悴。

車子停了，她無力的伏在方向盤上，眼角有淚滴，滾成晶瑩的淚痕。我伸過手，輕輕的搭在她的肩上：「你不想哭嗎？」

「我應該哭，卻哭不出來，像是沒有悲傷，只有一大片空白。我常想起我們在一起的時候，去兜風、去買菜、去工作、還有吵架。」她轉過頭來，我擁起她，卻不知道怎麼安慰他的疲倦和痛苦，我從未見過這樣傷心的女孩。我撫著她的頭髮，不知道該說什麼？她的頭碰在我胸前。忽然，我覺得胸口有東西。啊，是那塊玉珮。

「你戴著。」我低頭取下胸前的玉佩，在車內微微的燈光下，照著這玉的玉紋。「我們東方人相信，玉是有靈性的、溫潤、光澤，而且涵斂。善良的人戴著，玉就和人心意相通。人有災難時，它會自己碎裂，來承擔人的不幸。」

「上個月，我在大峽谷開車。車子因為路面的碎石，突然打滑。我緊急剎車，卻剎不住，車子左左右右的偏轉，一次比一次大。我驚覺到糟糕的時候，就聽到咚的一聲，擋風玻璃前一片灰塵飛揚起來。再清醒時，就發現這塊玉不知道什麼時候，從我的衣襟裡滑到我和方向盤之間。我用力推開車門出來，路在上頭，車子大概是滑下來之後，撞在離峽谷差幾步的這片小土堆上。我和這塊玉都沒事，車子半毀。」

我輕輕的撥開她的長髮，為她戴上這塊玉佩。「現在，我想妳比我更需要這塊玉。妳戴著，記得，如果妳能不難過，晚上，妳的男朋友就會到夢裡看妳，一定的。」

我下了車，強笑著和她道別，走了幾步，隱到黑暗裡。我知道她看不見我了。我停下腳步回頭看，車子停在原地。好一陣子，車才又發動起來，一下就駛入黑暗中。我還站著，看著那裡還在向四處消散的白煙，寒風習習的吹了起來。

「為什麼給她？你不是說好將來要給你最心愛的女孩？」

「我不知道，就是這樣做了，希望她平平靜靜的度過這個不幸，重新過生活。」

離開溫哥華那天，山恩告訴我，安莉絲和她男朋友在一起已經十年，原本隔些天就要結婚。安莉絲還要他轉告我，謝謝我，那天晚上，她真的夢見他了。

回家

人間世

坐在青年旅館的客廳裡休息，打開日記，許許多多的人影又浮現眼前。旅行的人像溪水，一路流過森林、崩壁和峽谷，卻沒有辦法預知前面是順暢還是曲折，輕快或是沉重。

有些時候是溫馨的……

搭夜車入西班牙，在臥鋪車廂裡碰到一位胖胖的小姐，尼斯人，做醫務工作。談了幾句後，她開始抱怨她的工作，我邊寫日記邊聽她的苦水。半小時後，她累我也累，便各自睡去。第二天醒來，我發現枕頭旁邊有半瓶水。昨晚聊天時，我請她吃餅乾，說起坐夜車口容易渴。那時候她拿出這瓶水，分著喝了半瓶。剩下的這半瓶，她竟然在中途下車前，悄悄的留給我。半瓶水，滿瓶的友善。祝福她能盡快找到她喜愛的工作。

出了塞維爾車站就迷了路。這城市的道路標示做得不好，從地圖上沒有辦法找到我的位置。在路口徘徊時碰到三個女孩，向她們問路。她們看著地圖也迷了路，討論許久，才確定出來。我飢腸轆轆，順口問起麥當勞的位置。三人笑了起來，嘖嘖的搖頭不以為然，很熱誠的邀我與她們共餐。隨她們回家，原來是個團契家庭。由於我的關係，飯前的禱告改用英文讀辭。喃喃的經文我沒聽懂，但是最後我聽到：感謝上帝，讓我們能共聚一餐。感謝上帝，賜予他勇氣遊歷四海，祝福他一路平安，阿門。這是我第一次和天主教徒共餐，我們彼此交談、聆聽。窗外的陽光，斜斜送來安達露西亞的溫暖。臨行，她們送了我一本英文聖經，還抱歉的說找不到中文版本，我懷著虔誠的心收下了。

一到布拉格，才發現背包鎖的鑰匙掉了。這下糟了，證件和旅行支票全鎖在裡頭。我急得四處找鎖店，好不容易在車站裡找到一家，卻因為星期六下午早已打烊。正滿頭汗水無可奈何的時候，來了一個熱心的青年。他問明了究竟，幫著我在月台的幾個工作庫房裡尋找下班的鎖匠。幾番尋不著後，他建議離開車站再想辦法。我們橫過車站外的馬路，就瞥見一家汽車修護廠。他高興的眼神一亮：「辦法來了。」終於在板金工人輪鋸的切割下，切開了鎖。步出修車廠，他也一臉是汗。我正要謝他，他笑著說：「你老遠來到布拉格，最值得看的是城市的景緻，不是我。這是個非常美麗的城市，希望能給你難忘的回憶。我在這裡二十多年，深深的喜愛這個城市。去走每個角落、每條巷弄，那是布拉格最美的地方，但願你也喜歡。」他的親切豁達，已經讓我難忘布拉格。

有些時候是趣味的……

在倫敦參觀了一處搖滾廣場，其實就是一家極有巧思的搖滾博物館。館中展出歷來名家的蠟像，和他最受歡迎的歌曲片段，來表現這個流行文化。大家戴著耳機，站在蠟像前搖擺，從衣衫若鬚的龐克、西裝畢挺的紳士，到扶老攜幼的合家歡，爸爸拉著小兒子的手，一起舞動。看上去反而像是蠟人在參加觀賞者的搖滾表演。二樓的電視螢幕下，我坐到一位年輕人身旁，抬頭看著錄影節目。不一會兒，我留意到經過的人都朝著我們指指點點，我有些納悶。隨即一想，他們大概以為我們也是蠟人。我笑著告訴他們，我們是真人，順便回頭對那青年說：「我們給當成蠟人了。」一會兒我起身要走，他還日不轉睛的凝視螢幕。我走近一看，才發現他真是個蠟人。

在蔚藍海岸的安提貝火車站，我領教了法國人的辦事效率。我想預約隔天的夜車臥鋪票，但電腦售票系統似乎故障。櫃檯小姐楞在那裡，這個鍵按按，那個鍵敲敲。再把主機板的盒蓋打開，拿了潤滑劑之類的霧瓶這裡噴噴，那裡噴噴。電腦並沒有反應，她又拿起話筒，撥這個電話，撥那個電話。隊伍愈排愈長，她連瞧都沒瞧。鄰座兩位小姐兀自慢斯條理的做她們的業務。我耐不住，問她出了什麼問題，她聳聳肩說不知道，得等人來修。然後我和後面等待的旅客一起看她，她也看著我們。大家相對微笑，一起責備那台可惡的電腦。一會兒，她微笑的把「本台暫停受理」的牌子掛出來，到後面午休聊天去了。

同樣的經驗，在法國第二大城里昂也是記憶猶新。旅遊服務處的玻璃窗上，貼著我所見過最複雜的開放時間公告。我因不諳法文，敲了敲玻璃。不久，走出來一位眉間糾成一團的女子。她隔窗狠狠的瞪著我，戳了戳倒數第三排的星號夾註，原來我早到了半小時。在外頭晃到了開門時間後回到服務處，當班的正是她。此刻她眉開眼笑，如印象中的巴黎貴婦人，風度雍容的問我需要什麼資料。

當然也有些不愉快的經驗……

晚上十點抵達印度的新德里機場。剛剛才一把抓回海關銀行想短少我的盧比兌換差額，就被計程車司機堵上。一片討價還價聲中，突然閃進幾個爭奪我背包的人。最後，我和另一個人同時搶到背包，我和他誰也不敢放手，一起抓上計程車。離開機場後，我一直留意鄰近的星級飯店，當我認出我要去的旅館時，那司機還朝別處開。外頭一片漆黑，我用凶狠代替緊張，扳住他的椅背要他調頭。他開口要錢，我要他回機場拿，因為服務台已經收了車費。他說那不一樣，我作勢要打開車門。他停下車。我不敢激怒他，只是堅持他送我到旅館，一切好說。他看著我，我瞪著他。僵持半晌後他送我到旅館，我立刻要服務生趕他走。服務生趕走司機，幫我提了背包進房之後，給了小費卻不出去。他竟然還招呼我說：「請坐。」扯了幾句，他主動要幫我處理機票，並探問著我的行程。我有些不高興，要他明天再說。下逐客令後，我像洩了氣的皮球，感覺非常疲倦。

不到十分鐘，又有人來敲門。開門一看，原來是他和另一位服務生，自動的走進來對我說：「請坐。」繼續扯了一堆，我詭稱已有印度朋友替我處理票務，不勞費心，禮貌的送客。那服務生居然問我：「有紀念品或小禮物嗎？」我厭惡透頂，笑狠狠的關上門。鎖死，然後到浴室放水。此時又來敲門聲，這次我學乖了，問道是誰？門外傳來「客房服務」。我把門打開，是一高一矮的兩張新面孔。矮傢伙手持一朵綻開的玫瑰，恭恭敬敬的把花插在電視機上的花瓶裏。高個的拿了浴巾和肥皂，謹慎的擱上毛巾架，用一根手指頭測了浴缸水溫，再替我調整冷熱的出水量。跟著走近床，把床單摺出一個斜角，方便我翻啟，然後兩人就立在床頭不動。無可奈何之餘，我靈機一動：乾脆脫了襯衫，邊解褲帶的說我正要洗澡。這個方法奏效了，互道晚安後我推著他們出門。門關上時，我還聽到一個無辜的聲音：「我們之間難道沒有任何東西嗎？」我把所有能搬的家具全頂上了門，再也不開。

有一些快樂……

傑格許是我在學法文時結識的同學。他最近撿到一條沒人要的破木船，想動手修復。我們來到華沙郊區的湖邊，準備動工。這湖以運河直通維斯拉河，綠澄澄的。湖畔鬱鬱蒼蒼，水鴨與天鵝翔集。廣袤的湖面上染著水氣，連岸邊都縹縹緲緲的。我們從老船家的倉庫裏，翻出一個一人高的細圓柱鐵筒。在柱筒裡貫滿了水，墊在幾塊磚頭上，再把昨天到木材廠搬來的長板條浸泡下去，下頭加熱。他說，長板條只要煮兩天就可以壓彎，這可以用來更換船底的木條。他精擅木工，利用閒暇時來這裡修船，希望能有艘自己的帆船遊湖。船塢旁住著一個年輕女孩，有種開朗和甜甜的美。我們在木船後偷偷的欣賞，交相讚美。他在我耳邊怯怯的說：她是老船家的女兒。他很喜歡她，想追她很久了。我看他臉紅的模樣，就走了出去打招呼，話題就從女孩手上正在修補的一扇小木窗開始。

晚上，傑格許來了兩位朋友，我們在湖邊的小屋野餐。這屋並不住人，十分荒涼。但周圍遍布果樹，結果纍纍。他找來一張鬆垮垮的梯子，我拎著小竹籃，搖搖晃晃的爬上樹摘李子。樹上結得密密麻麻的，足足摘下了兩大籃。採完李子，淹沒的蔓草裡還有野草莓。草莓紅透欲滴，大家邊摘邊嚐，吃得半飽。園中還有桃子和桑椹，但季節不對，有些酸澀。我們生起柴火，找來兩片破損的床墊和毛毯，在火邊躺下享用豐盛的水果。傑格許兩個朋友就要結婚了，深情款款。他們隨手截斷一隻廢漁杆的杆頭，又住麵包和香腸在火上燒烤。我則撿起一段乾槁的樹枝，引了火呼呼的舞弄起來。大家在驚叫狂笑中閃避。荒屋很是寂靜，此刻有酒、有肉、有晚風，他們拍手唱起波蘭民謠。風吹火燄，照得人紅通通的。躺臥席上，看著樹梢攔住湖上吹來的風。蔓草招搖，狗吠不止。不知不覺間我像飄上了星空，看見了下面的火光，和四個沉沉睡去的人影。

還有一些憂傷……

遊覽大陸曲阜時，有個拉人力車的年輕人一直說要載我到孔林。我好言相謝，他卻不死心。講了許久，我就是狠不下心來說個嚴厲的不。他不過和我一樣年紀，頸子搭了條髒毛巾，大冷天只一件破衫短褲。他的肩骨因為長期挑拉，早已凹沉變形。清秀的臉龐上凍得蒼白，幾點僅有的紅潤全擠在一起，彷彿就要給寒冷逼走。我感覺身上的錢沒有資格購買他的勞力，頻頻搖手婉拒，自顧的走。我走得急，他車拉得更快。年輕人一邊揮汗，一邊不停的背誦出曲阜的歷史和名勝。「只要十塊人民幣。」他說。他並且保證會抄捷徑，以最快的速度抵達孔林、顏廟、孟子廟三個景點，還能趕上公車回濟南。他跟著我跑了一大段路，苦苦相邀。我推辭不過，乾脆向他表明：「我不習慣坐著給人拉，心頭不舒坦。」他聽了更急：「怎麼會呢？那沒事的，這是給我們過日子啊！我天天拉，沒事的。」我說服不了自己，直往車站走。孔林、顏廟有什麼好看？看的價值在哪裡？在最後一個轉彎，他還喘吁吁的跟著我。我看著他，終於是給了他十塊人民幣說：「算你拉過了，保重。」我頭也不回的跑上公車。

車上，同行的山恩終於打破沉默：「你為什麼不斬釘截鐵的拒絕？他就是感覺你心軟才一直跟著。你如果這樣在世界各地旅行，是很危險的。況且，你又何必給他錢？這會鼓勵他們養成壞習慣。」我沒有答話。是啊，我怎麼不像後來在印度拒絕那些糾纏攬生意的人呢，怎麼不用那樣的態度去回絕他呢？但我怎麼能？十塊人民幣會鼓勵他們纏人？啊，這是老天的事，我管不了了。

在倫敦看了一齣根據真實故事改編的音樂劇「西貢小姐」，那是描述美國夢的悲劇。一個越南女孩，為了讓兒子能隨他的美軍父親到美國，不惜自殺託孤。劇中女孩唱出：「為什麼你要經歷戰亂和苦痛？我感覺過愛，它超越一切的恐懼。那個美好的夜，星星像火一樣的明亮，是愛帶你來到這裡。我知道我該怎麼做。我要給你千萬個我不曾擁有的東西、給你一個長大後能夠奮鬥的世界。你能成為一個你想成為的人，你能享用天地間的賜予和機會。我發誓，我要給你我的全部。」她一生的滄桑和最後的希望融在唱歎聲中，成為對世間最淒厲的質問，使我看完回到旅館後仍感顫慄。

客廳的電視裡正播報新聞，頭條就是紐約爆發大陸人民集體非法入境的消息。偷渡船在外海擱淺，被巡警發現。船上難民紛紛跳海，四散游去。警方一邊大聲廣播跳海的危險，一邊全力搶救。然而船上不論老少，不論能不能游泳，全都跳入波濤中。他們傾家蕩產換來了船票，好不容易到了美國。跳，還有生機；不跳，才是死路。一場真正的「西貢小姐」在紐約上演。新聞一轉，鏡頭上出現中國官方的發言人。他冷冷的抨擊，指責美國鬆弛的移民法是使大陸人民行險僥倖的主因。這些畫面，引來住宿此地的各國青年議論紛紛。

一個以色列來的室友看得義憤填膺，說起以色列和巴解游擊的仇恨中政客的可恨。是啊，政治的不安，使得拉丁美洲的人有西班牙夢、葡萄牙夢，北非有法國夢，南斯拉夫、土耳其有德國夢，台灣和香港有加拿大夢和紐西蘭夢。這些和西貢小姐的美國夢，都是同樣一種嚮往。

後來這個以色列人離開倫敦時，留下了他的地址並告訴我：「有空寫信聯絡，如果我沒有回，一個可能是我太忙，另一個可能是家又被炸毀，信寄不到了。」

念德文時，有一個來自庫德族的同學。這個民族在西亞高加索南麓的高原上游牧，沒有國家組織，總是遭到土耳其政府的驅趕。他僥倖避難到德國，獲得政治庇護，也在這個語言學校讀德文。他妹妹從東歐，經奧地利輾轉到德國，剛到，也在申請庇護。戰後德國對政治難民的認定和待遇，原來是西歐各國中最寬厚的。但是統一後財政受影響，改採較嚴格的審核標準。同時，歐洲共同體剛剛作成決議，難民如果取道一個安全的國家入境他國，被取道的國家就必須收容。他為了他妹妹能留在德國，就近照料，時常在課餘時奔走相關文件，也常和他妹妹模擬日後和庇護核查官員的對答。有一回我問起他沒有國家、生活飄泊的感歎，他只是搖著頭苦笑說：「習慣了，反正就是這樣。當作是在旅行嘛，你不也在旅行嗎？」

在人們眼裡，旅者是僕僕的異鄉人，是淙淙過去的溪水。而在旅者心中，人們也是過客，匆匆的隱入旅者記憶的山谷中。這種種萍水相逢的溫馨、趣味、厭惡、快樂與憂傷，落在彼此心底，成為人間世難忘的風景。

久違了台灣

高空的雲這裡一堆，那裡一堆的填滿所有的天空。折射的陽光彷彿閃電，分外刺眼。

「先生，您要喝點什麼？」是一位空中小姐。

「咖啡，謝謝。」我轉頭還是看著窗外。下面的海，藍的濃稠稠的，應該是東海的水域。十二月底的東京相當寒冷，不過起飛以後，亞熱帶的氣息就從飛機的各個縫隙溜了進來。我感到熱，脫下羽毛衣。啊，現在的台灣說不定還像夏天。

在台灣住了二十五年，出了國門才驚訝到天地間有四時的變化。春天，是從阿爾卑斯山麓一株株開啟的野花中來臨的。夏天，是在波羅的海的白夜裡遇見的。秋天，是在北德平原飛滾的黃葉間隨風吹到。至於冬天的記憶，則是伴隨著泰山頂肅瑟的北風、科羅拉多高原上雪白的鶴群、和剛剛富士山上一輪淒冷的火口湖。真快，這麼一年轉眼就過去了。

這年的旅行，有許多我很珍惜的故事。在冰河、在少女峰。在諾曼地風雨、在北海長堤。在涅瓦河橋樑全開的白夜、在「生命中不能承受之輕」的小鎮、在曾經分隔生死的圍牆。這些足跡連成一串流浪的記憶，印在我心底。

我相信，這一年是我一生僅有的、可以無牽無掛出遊的機會，因而我總是一天當作兩天用的珍惜。慢慢走覽每個從小聽說、曾經神遊的地方，不浪費我能運用的任何一分鐘。有時候趕路，就早早的起，晚晚的睡。因為如果錯過了這一次，就很難有機會再來。每一個小鎮、每一段遭遇、每一個念頭，都像是子夜的流星，相逢是為了告別。

幾次，在水清柳碧的公園裡，我喜歡靜靜坐著。輕閉眼睛，感受大自然的清幽閑靜。然而，卻會有一種熟悉的孤獨悄上心頭。於是原野村舍、鳥語花香，會忽然美得讓我感到難以承受。不過，寂寞是個古怪的東西。它常常遺落在趕火車的跑步中，或是在博物館的偉大作品前消失。雖然，它總是徘徊在無法恆久的邂逅裡，或是在夜半逐漸清晰的輾轉中把我喚醒。但是，它最容易在青年旅館的廚房裡，被我和新結識的朋友一起煮掉。

回想起來，來自素昧平生者的溫馨情意，特別令我難以忘懷。三百六十四天過去了，風景的輪廓漸漸模糊。而愈來愈清楚的，卻是那些曾經互相感動過的臉龐，黃的、白的、黑的。每一張臉，都顯露了一種風格，暗示著某種生命型態。同時，也紀錄了一處來源，而那幾乎就代表著一種命運。

飛機晃動了一下，座位上頭的艙壁凹縫裡呲呲輕響，不知是因為空調還是壓差？高空的強風挾著雲朵撲上機翼，分成兩股霧流，一上一下緊緊的夾向後方。台灣就快到了吧。看看錶，我奢望著能多有一刻讓我流連。但窗外的風卻吹掉了雲，也把時間分分秒秒的吹散。

為什麼回台灣呢？因為我生在那裡。

鄰排一個年輕的爸爸從艙後走來，肩上跨了個兒子，手裡還抱了一個。他伸手托起座位前放滿餐點的架板，把兩個兒子放好，再從頭頂的行李艙中翻了包零食下來，嬉嬉笑的逗著小兒子吃，大兒子也很開心的大口咬著麵包。這樣歡歡喜喜的場面，讓周圍的乘客都會心的微笑起來。

我看著孩子圓嘟嘟的臉龐，很清朗的輪廓。爸爸講德文，他們大概都出生在德國吧，我猜想。那很好啊，他們將來不必爬上高山頂才能欣賞美麗的湖、不必對著故宮名畫幻想江南風光、出國旅遊時不會在海關站太久、不必以最大的修養哄取政府的改革、不必常常表達生氣和不耐煩來預防政府的墮落。當然，也不必千里迢迢存錢去歐洲讚歎別人社會的禮樂、更不必思考中國文化的興滅繼絕。

如果我生在那裡，一定也是這樣。可是，如果投胎在尼泊爾，我每天可能只要忙著尋找架屋的石板和擔憂欄裡的牛驢。如果轉世在美國，我可能是核發綠卡的活菩薩，偶而接引幾個大西洋和太平洋彼岸的信徒。如果這一點靈光，合該判在大陸，我也可能是沒爹沒娘，鎮日在巫山峽的小溪裡游泳的孩子。我得努力在水裡尋找偶然一見的七彩卵石，然後浮沉江中，攔著過往的觀光客賣錢。而如果在南非呢？會不會像是那個痛恨種族歧視，反對鎮壓黑人，卻又得藉著父親權貴而逃役出來的白人室友？也或許我會在巴黎，喔！說不定不是在花徑裡漫步，而是窩在瀰漫尿騷味的地鐵月台之間，變成和那個與蚤蠅為伍、滿臉腮鬍，惡狠狠瞪著我看的流浪漢一般模樣。

沒錯。一張臉，一處來源，就紋了一種命運。這裡的膚色、血液、說話的聲音，是屬於我的。這裡不在歐洲，不在非洲，是在亞洲地圖上一個小小的島。這裡是怎樣的地方呢？嗯，比起歐洲，環境有點糟、交通有點亂、教育有點麻煩、政治有點荒唐。不過他們是禮樂之邦，我們怎麼比？我突然想起一個故事：漢高祖過魯，驚於魯地弦歌不輟，深折於儒者。我在歐洲，常常也有同樣的驚歎，但我該向誰折服呢？

撕開小盒包裝的牛奶封口，倒進杯子裡。褐色的咖啡冒起一片白，像這會兒我腦子裡的念頭，和得混混沌沌的。快回去了，台灣就在那裡，我為什麼遲疑呢？

台灣高山繚繞，新褶曲地形遍布，整個島是一座國家公園。比起泰晤士河、塞納河、布拉格的莫爾道河，台北的淡水河長得要寬大氣派多了。蔚藍海岸，也不過像東部的蜜月灣、清水斷崖。水鴨和天鵝對我們有戒心，但候鳥是年年來的，玉山也是天天長高的。大自然並沒有虧欠我們什麼，剩下的，是我們自己對待生命的問題了。

萬華和三峽的舊街、老建築，還沒成為台北人共同懷念的過去。按家鄉父老的脾氣，露天的咖啡座是擺不成的，但是奉茶的散步道，大家應該會喜歡。蘇澳、豐濱、恆春、美濃、水里、霧社，也可以在良好的鄉政作為中，變得小而飽實，讓人珍愛。然而事實上，當西方的年輕人興高采烈的享有並歌誦青春時，我們卻在十六歲、十九歲設了考試的關卡，緩慢了自我認識、自我選擇和自我成熟的過程。一個更尊重人的、更藝術性的社會發展還在蘊釀。

歷史慢慢的走。過去幾十年的努力，人們爬出了貧民的深坑，難道現在躲不掉那移民和難民兩個若有似無的黑洞？人在做，天在看啊！

飛機開始下沉，沒入雲霧。幾個托浮，忽然從白茫茫裡落下。湛藍閃閃的波光一下子拂上面來，看到台灣了，蒼綠綠的。白色的滾邊一線鑲描，嵌在綠和藍之間。沙洲一抹一抹的浮著，外頭舟船點點。天上淡淡的流雲，層層相掩，拉出了一個深廣的空間。太平洋浩瀚平整，和藍天濛濛的合在遠遠的霧裡。這一年的旅行真的要結束了，我的家到了。

久違了，台灣。

國家圖書館出版品預行編目

嚮往之旅：25歲的流浪日記 / 何英傑著. --
一版. -- 臺北市：秀威資訊科技, 2008.06
面； 公分. --（旅遊著作類；TZ0001）

BOD版
ISBN 978-986-221-038-3（平裝）

855 97011765

旅遊著作類 TZ0001

嚮往之旅——25歲的流浪日記

作者 / 何英傑
主編 / 許人杰
發行人 / 宋政坤
執行編輯 / 黃姣潔
圖文排版 / 郭雅雯
封面設計 / 蔣緒慧
數位轉譯 / 徐真玉 沈裕閔
圖書銷售 / 林怡君
法律顧問 / 毛國樑 律師
出版發行 / 秀威資訊科技股份有限公司
台北市內湖區瑞光路583巷25號1樓
電話：02-2657-9211 傳真：02-2657-9106
E-mail：service@showwe.com.tw

2008年 6月 BOD一版
定價：290元

讀者回函卡

感謝您購買本書，為提升服務品質，請填妥以下資料，將讀者回函卡直接寄回或傳真本公司，收到您的寶貴意見後，我們會收藏記錄及檢討，謝謝！如您需要了解本公司最新出版書目、購書優惠或企劃活動，歡迎您上網查詢或下載相關資料：http:// www.showwe.com.tw

您購買的書名：________________________________

出生日期：________年________月________日

學歷：□高中（含）以下　□大專　□研究所（含）以上

職業：□製造業　□金融業　□資訊業　□軍警　□傳播業　□自由業

　　　□服務業　□公務員　□教職　□學生　□家管　□其它_____

購書地點：□網路書店　□實體書店　□書展　□郵購　□贈閱　□其他

您從何得知本書的消息？

□網路書店　□實體書店　□網路搜尋　□電子報　□書訊　□雜誌

□傳播媒體　□親友推薦　□網站推薦　□部落格　□其他__________

您對本書的評價：（請填代號　1.非常滿意　2.滿意　3.尚可　4.再改進）

封面設計____　版面編排____　內容____　文／譯筆____　價格____

讀完書後您覺得：

□很有收穫　□有收穫　□收穫不多　□沒收穫

對我們的建議：________________________________

____

____

____

請貼
郵票

11466
台北市內湖區瑞光路 76 巷 65 號 1 樓
秀威資訊科技股份有限公司 收
BOD 數位出版事業部

（請沿線對折寄回，謝謝！）

姓　　名：＿＿＿＿＿＿＿＿　年齡：＿＿＿＿　性別：□女　□男

郵遞區號：□□□□□

地　　址：＿＿＿＿＿＿＿＿＿＿＿＿＿＿＿＿＿＿

聯絡電話：(日) ＿＿＿＿＿＿＿＿＿＿ (夜) ＿＿＿＿＿＿＿＿＿＿

E-mail：＿＿＿＿＿＿＿＿＿＿＿＿＿＿＿＿＿＿